共和国故事

山 河 让 道
——红旗渠设计施工与胜利竣工

董 胜 编写

吉林出版集团股份有限公司

图书在版编目（CIP）数据

山河让道：红旗渠设计施工与胜利竣工/董胜编. —长春：吉林出版集团股份有限公司，2009.12

（共和国故事）

ISBN 978-7-5463-1771-7

Ⅰ.①山… Ⅱ.①董… Ⅲ.①纪实文学－中国－当代 Ⅳ.①I25

中国版本图书馆 CIP 数据核字（2009）第 237707 号

山河让道——红旗渠设计施工与胜利竣工

SHANHE RANG DAO　　HONGQIQU SHEJI SHIGONG YU SHENGLI JUNGONG

编写　董胜

责任编辑　祖航　李娇　关锡汉

出版发行　吉林出版集团股份有限公司

印刷　三河市嵩川印刷有限公司

版次　2010 年 1 月第 1 版	2022 年 1 月第 13 次印刷
开本　710mm×1000mm　1/16	印张　8　字数　69 千
书号　ISBN 978-7-5463-1771-7	定价　29.80 元

社址　吉林省长春市福祉大路 5788 号

电话　0431－81629968

电子邮箱　tuzi8818@126.com

版权所有　翻印必究

如有印装质量问题，请寄本社退换

前　言

自1949年10月1日中华人民共和国成立至今,新中国已走过了60年的风雨历程。历史是一面镜子,我们可以从多视角、多侧面对其进行解读。然而有一点是可以肯定的,那就是,半个多世纪以来,在中国共产党的领导下,中国的政治、经济、军事、外交、文化、教育、科技、社会、民生等领域,都发生了深刻的变化,中国人民站起来了,中华民族已屹立于世界民族之林。

60年是短暂的,但这60年带给中国的却是极不平凡的。60年的神州大地经历了沧桑巨变。从开国大典到60年国庆盛典,从经济战线上的三大战役到经济总量居世界第三位,从对农业、手工业、资本主义工商业的三大改造到社会主义市场经济体制的基本确立,从宜将剩勇追穷寇到建立了强大的国防军,从废除一切不平等条约到独立自主的和平外交政策,从"双百"方针到体制改革后的文化事业欣欣向荣,从扫除文盲到实施科教兴国战略建设新型国家,从翻身解放到实现小康社会,凡此种种,中国人民在每个领域无不留下发展的足迹,写就不朽的诗篇。

60年的时间在历史的长河中可谓沧海一粟。其间究竟发生了些什么,怎样发生的,过程怎样,结果如何,却非人人都清楚知道的。对此,亲身经历者或可鲜活如昨,但对后来者来说却可能只是一个概念，对某段历史的记忆影像或不存在，或是模糊的。基于此，为了让年轻人，特别是青少年永远铭记共和国这段不朽的历史，我们推出了这套《共和国故事》。

《共和国故事》虽为故事，但却与戏说无关，我们不过是想借助通俗、富于感染力的文字记录这段历史。在丛书的谋篇布局上，我们尽量选取各个时代具有代表性或深具普遍意义的若干事件加以叙述，使其能反映共和国发展的全景和脉络。为了使题目的设置不至于因大而空，我们着眼于每一重大历史事件的缘起、过程、结局、时间、地点、人物等，抓住点滴和些许小事，力求通透。

历史是复杂的，事态的发展因素也是多方面的。由于叙述者的视角、文化构成不同，对事件的认知或有不足，但这不会影响我们对整个历史事件的判断和思考，至于它能否清晰地表达出我们编辑这套书的本意，那只能交给读者去评判了。

这套丛书可谓是一部书写红色记忆的读物，它对于了解共和国的历史、中国共产党的英明领导和中国人民的伟大实践都是不可或缺的。同时，这套丛书又是一套普及性读物，既针对重点阅读人群，也适宜在全民中推广。相信它必将在我国开展的全民阅读活动中发挥大的作用，成为装备中小学图书馆、农家书屋、社区书屋、机关及企事业单位职工图书室、连队图书室等的重点选择对象。

编　者
2010 年 1 月

目录

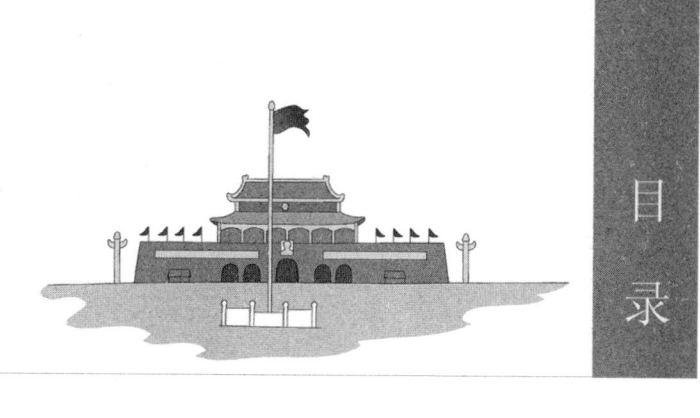

一、制订引水规划

林县水贵如金/002

县委制定水利建设方针/007

县委组织修筑英雄渠/011

县委领导分组勘测水情/018

吴祖泰挑起设计大梁/022

完成引漳入林规划/028

二、建设引水工程

中央领导人支持引漳入林/034

举行引漳入林工程誓师大会/037

工地上出现一群铁姑娘/040

郭增堂创造简易拱架法/043

工程改名为红旗渠/052

修渠的艰苦岁月/055

任羊成飞身排除险石/060

三、建成引水总渠

渠首溢流坝成功合龙/072

突击队会战鸻鹉崖/077

目录

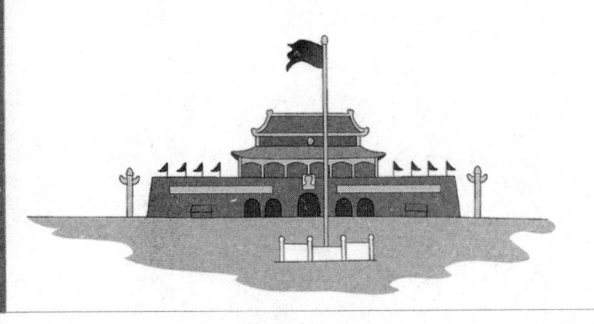

精兵强将开凿青年洞/084

常根虎爬上绝壁凿炮眼/089

漳河水一路欢歌到林县/097

四、配套工程竣工

建设红旗渠干渠工程/102

修建红旗渠配套工程/107

红旗渠成为中国骄傲/114

一、制订引水规划

- 杨贵就在这个大碗里面洗了洗，顺手就把碗里的水给倒掉了。没想到，这就让老乡心疼得当时脸都红了。

- 该是收获的时候，麦子仍然匍匐在地上，麦秆直不起腰。

林县水贵如金

1954年,刚刚上任的河南省林县县委书记杨贵,第一次下乡考察,因为天气热,到乡亲家里他已是大汗淋漓。

杨贵对老乡说:"我想洗把脸。"

老乡给杨贵端出来一个大碗。

杨贵以为老乡听错了,要让他喝水。他又说了一遍。

老乡像是没听明白,挺大方地跟杨贵说:"洗一洗,洗一洗好。"

没办法,杨贵就在这个大碗里面洗了洗,顺手就把碗里的水给倒掉了。没想到,当时就让老乡心疼得脸都红了。

水与我们的生活紧密相连。我们每天都离不开水。家里来了客人,一般都是要先给客人端水、端茶。在林县,却有着客人来了不倒水的习惯。

事后,杨贵才知道,林县非常缺水。这碗水让老乡心疼了好长时间。杨贵很后悔,这件事在他的心里留下了特别深刻的印象。

当时,林县还有一个更怪的现象,姑娘们择偶的标准就是一个字,水。一些山村平时都不洗手,长年累月不洗衣服。

他们只有在赶庙会、串亲戚、婚丧嫁娶这些大事的时候，才舍得去缸里边舀出那么一点点水。而且，还是全家老少合用一个洗脸盆。

往往就是老人洗了，孩子洗，男人洗了，女人洗。洗来洗去，用过多回的水还不舍得倒掉，要放在那儿澄清了下次再用。

刷锅、洗碗水也不舍得倒掉，要留着给牲口喝、浇菜用。

林县有一个村子叫桑耳庄村，这个村子里面有300户人家，村民们每天要跑4公里路，到一个叫黄崖泉的地方去挑水吃。

民国初，有一年大旱，黄崖泉的泉水就只有香火头那么粗。但是，到这个黄崖泉挑水的人却越来越多。

有一个年过六旬的老汉叫桑林茂，在那年的大年三十起了个大早，就爬上了黄崖泉，他想趁早挑一担水回家过年。

老汉冒着寒风爬上黄崖泉一看，挑水的队伍已经排成了一条长龙。好不容易担了一担水，他非常小心地往回挪着步子，他生怕从桶里边洒出那么一点水。

走到村口的时候，天已经完全地黑了，刚过门的新儿媳到村口打着灯笼来接自己的老公公，等到她把公公接到了以后，她把灯笼递给了公公，接过了担子。

新过门的媳妇，多少都有一点害羞，脚底下不免就加快了几步。这一加快脚步，她不小心被一块石头绊了一跤。一下子，一担水洒了个精光。

新媳妇一下子不知所措，不知道该干什么了，老公公就发了疯一样，扔掉灯笼趴在地上，拼命地想把这个水捧回桶里边，但是，覆水难收。

回到家里，全家人眼睁睁地看着包好的饺子没水下锅。十几里的山路，整整一天，新媳妇是又愧又急，已经哭成一个泪人了。

老婆婆就安慰她，说，洒就洒了吧，一会儿我去借点水。等到明天早晨，让你公公再去挑。

等到婆婆把饺子煮好，盛到了碗里，没想到这位新媳妇已经悬梁自尽了。

大年初一，桑林茂一家埋葬了刚过门的儿媳妇，冒着风雪踏上了逃荒路。

史载，林县历来缺水，太行山高险峻，砾石坚岩，寸草难生。对旧时的林县人来说，水已成为比金子和生命更贵重的奢侈品。

1942年旱灾非常严重，夏秋两季都没收成，加上日本侵略军疯狂扫荡，广大群众扒树叶、剥树皮、挖草根充饥，后来竟然吃起白甘土。

很多林县人，只能到外地逃荒。当时，外出逃荒的人数，占到当时林县人口的1/5。

翻过太行山，就是山西省。因为离得近，不少人到了山西，也有到山东和河北一带的。林县到山西逃荒的人，大概已经到了几万人。

这些人都是被水逼着踏上逃荒路，流落异乡的。这种长期缺水的环境，就让林县人养成了一种视水如命的生活风俗。

林县人世世代代都在企盼，盼望着老天爷能降及时雨，盼望着地下能冒出甘泉，盼望着吃水不用走出村庄，也盼望着水能够流到田间地头来。

他们就把这种美好的愿望寄托在村名里。在全县跟水有关系的村名，有300多个。有的村名叫李家井、张家池、井远、井湾、杨家泊、武家泊等等。

林县人还把这种对水的希望，寄托在给孩子起名字的时候，男孩叫什么来水、水生、水根，女孩叫什么水莲、水仙、盼水等等。

林县解放后，广大人民群众在政治上翻了身，做了社会的主人后，迫切要求在经济上再来个翻身。

可是，林县缺水仍像过去的"三座大山"一样，压得人们连气都喘不过来，还怎样进行社会主义建设？

人没水不能生存，有水便有生命，有生命才能求发展。缺水，给林县人民祖祖辈辈，带来了无穷的灾难。

当时，全县共有90多万亩耕地，只有1万多亩水浇地，其他耕地全是靠天种植。

大旱绝收，小旱薄收，种麦面积很小，亩产仅有三四十公斤，秋粮也不过百儿八十斤，群众仍然过着半年糠菜半年粮的贫苦生活。

全县550个行政村，有305个村人畜吃水困难，有的跑三五里、十几里去取水，还有的跑更远的路程去取水。

一个区三五万人，只有三五眼活水井。东姚镇方圆几十里，靠的就是东姚村的南大井、白象井等几眼活水井。

茶店附近靠的是茶店、辛店水井。一到干旱年头，井旁的人和水桶排成了长队，人们从早等到晚，一天才担上一担水。

长年累月，石头井口被麻绳磨出道道深沟。因为取水，常常发生打架斗殴、伤人亡命事故。全县每年远道取水误工约300万个。

群众说"吃水如吃油"。没油吃日子能过，没水吃，一天都不行。有一首民谣更让人心酸：

咱林县，真苦寒，光秃山坡旱河滩。雨大冲的粮不收，雨少旱的籽不见。一年四季忙到头，吃了上碗没下碗。

由于两岸山势陡峭，提水困难，当地农民不得不守着旱地，翻山越岭挑水吃。揪心拽肺的艰难，剖肝摧肠的愁结，使他们唱出的曲儿，含着浓浓的苦味。

县委制定水利建设方针

杨贵来林县工作之前，任中共安阳地委办公室副主任。1953 年秋，他带领工作组在林县帮助工作，多次作过缺水问题的调查研究。

1954 年 4、5 月份，杨贵调林县任县委书记后，他对山区建设作了多次调查。

在分析林县县情时，杨贵更加深刻地认识到，缺水是林县贫困诸多矛盾中的主要矛盾。

杨贵下乡亲眼看到，不少村庄群众赶着毛驴驮上带盖大水桶，跑十几里路取水，赶毛驴的人还要再挑一担水。

在这种让人难过的情况下，山区群众幻想得到老天的恩赐，就省吃俭用，捐资集财，到处修建龙王庙，烧香叩头，祈天求神降雨水。

结果呢，想水盼水多少年，干旱缺水仍像一把刀，架在林县人民的脖子上，取不下来。

缺水造成的种种苦难，也是后来林县人民不怕流血牺牲，修建红旗渠的动力。

1956 年 5 月，中共林县召开第二届代表大会，总结前段山区水利建设经验，讨论林县 12 年山区建设全面规划草案。一个以治山治水为中心，促进农业生产大发展的群众运动，在全县卓有成效地展开了。

在抗日战争时期，八路军太行七分区司令员皮定钧，领导军民一边打仗，一边开展大生产，在合涧乡河交沟淅河岸边，修了一条小型引水渠，解决了几个村群众的人畜吃水问题，被群众称为"爱民渠"。

1957年，任村区委发动群众，将1944年抗日战争中，曾经从南谷洞引水未修成的26公里渠道，建成通水，起名叫"抗日渠"。

任村桑耳庄村党支部，为解决本村缺水问题，领导群众，引山泉入村，安了6个水龙头，让群众吃上了自来水，成为轰动林县的特大新闻，不少村的群众赶到那看"稀罕"，说："共产党会牵着龙王的鼻子走！"

河顺马家山村党支部，率领群众修渠引山泉进村入池，解决群众吃水，还有几亩水浇地，能种萝卜、白菜。

群众称赞共产党领导致富有办法，写成了《马家山巨变》的小册子。

人民群众把推翻旧制度、赶走侵略者、建设社会主义紧密地联系在一起，是一种爱国主义觉悟的生动体现。县委抓住这些典型，在全县开展讨论：任村区、桑耳庄、马家山能办到的，其他区和社村能不能办得到？

1955年，中共任村区委动员木家庄、卢家拐、盘阳、赵所等村，修了一条长17.7公里的天桥渠，能浇漳河南岸一部分耕地。

当地群众高兴地编出一首顺口溜：

想天桥（渠），盼漳河，让咱林县人民解解渴。昼夜不停拼命干，漳河水过不了露水河，只要引来漳河水，谢天谢地把头磕。

这个顺口溜，充分反映了林县人民世世代代就有"欲引漳河而未遂，盼漳河入林而未达"的心愿。

1957年11月，中央、省、地委通知林县作为先进典型，参加全国山区工作座谈会。各省负责农业的书记或副省长参加，有10多位县委书记也参加了。

中共河南省委副书记史向生和杨贵到会。主持会议的中央农村工作部部长邓子恢，让杨贵在会上汇报了林县山区干旱缺水、地方病及治山治水建设开展的情况。

杨贵的汇报受到中央领导重视，国务院办公厅遵照周恩来指示，又专门让杨贵汇报了林县山区存在的问题。

11月10日，朱德到会，作了《必须重视和加强山区建设》的重要讲话，指出：

许多同志不重视山区工作，山区约占全国面积的三分之二，如果不把山区的资源开发出来，中国的社会主义建设是困难的。

山区建设方向，应该是从山区原来的自给自足经济发展为全国统一经济的一部分，同全国经济相交流。

会议发出伟大号召：

要把现在贫瘠的山区建设成为繁荣幸福的新山区！

这无疑对全国山区群众是一个极大的鼓舞。

会后，林县县委于12月中旬，召开中共林县第二届代表大会第二次会议，全体代表一致通过《林县1956年至1967年农业发展规划》。

杨贵代表县委作《全党动手，全民动员，苦战五年，重新安排林县河山》的报告，进一步明确全县水利建设的任务与要求，提出战斗口号：

苦战五年，重新安排林县河山

报告要求全县党员干部和群众："下定决心，让太行山低头，令淇、淅、洹、露河水听用，逼着太行山给钱，强迫河水给粮，从根本上改变林县面貌。"

会后，全县上上下下，掀起大搞水利建设和绿化荒山的群众运动，使已建成的抗日渠、天桥渠、淇河渠为主体的中型渠道，发挥巨大作用。不仅缓和了一部分村庄人畜吃水的矛盾，还大大增加了灌溉面积，让人民群众进一步看到了兴修水利的威力。

县委组织修筑英雄渠

1957年腊月的一个黎明,沿着淅河边弯弯曲曲的羊肠小道,来了一支十余人的小分队。为首的正是中共林县县委书记杨贵。

精神抖擞地走在杨贵身后的,是县委书记处书记李运保、周绍先等。

1957年12月9日,中共林县县委作出决定,成立英雄渠施工指挥部。

按照指挥部的计划和安排,修英雄渠主要由城关、合涧、原康、小屯、小店、采桑、秦家坡、南峪8个乡出动6000民工完成。

可是,3天之内,竟有8000多人从合涧到嘴上,排成了十多公里的战线。叫去地上去了,没有安排上的,偷着抢着也去了。

修筑英雄渠,是林县人与大自然角逐中的首次大仗,很多困难是过去搞一些小型水利工程从未遇到过的。

在英雄渠13.8公里的主干渠上,红砂崭、紫砂崭、青石崭,仿佛三只拦路虎,横在眼前。其中最险要的是青石崭。

这座悬崖像凌空飞起的一头硕牛,伸在河之上。斩掉这头"牛",需要通过绳梯爬三层崖头,在崭顶上悬空施工。

负责这段险要工程的是郭家园、河南园、万羊坡、东山底村组织的突击队员。

凛冽的寒风,从山岭上一阵又一阵卷过来,冻得山头的茅草匍匐下来,冻得茅草窝里的虫子们都噤了声。

突击队员们勇敢地冲上去,很快爬过了第一层崖头。在爬第二层崖头时,有人开始犹豫。这是个很危险的地方。崭头遮住了半边青天,崖下是万丈深渊,无论往上或向下瞧,都让人头晕目眩、心惊肉跳。

前进,没有道路,到处都是荆棘,一不小心,就会划破手指;往后退,是绝壁,跌下去会粉身碎骨。

在危险面前,突击队长程全贵,打起快板来:

英雄渠,英雄渠,青石崭上是好汉,困难面前不低头,低头不是英雄汉。

顿时,年轻的突击队员们感到热血沸腾,气贯长虹。大家争先恐后地向前攀登。

更艰险的是悬空作业,即在崭顶上打两个钎眼,插上细钎,把绳一头系在上面,一头系在腰间,像壁虎一样,凌空打钎、放炮、劈崖。

程全贵和副队长王来生商量:群众没有悬空打钎的经验,我们是队长,是共产党员,应该到最困难的地方,应该我们先下。

队员高启元则说:"我虽不是共产党员,但是我有技术,应该我先下。"经过一番苦苦争执,3人达成妥协,一块下去。

在那种特殊环境里,林县人勇敢拼搏的性格放射出绚丽的光芒。

林县人放炮崩山,也是在英雄渠上首创的。当时,在青石崭崖头上出现一方有三间房子大的巨石。不劈下这块巨石,很难保证在峭壁半腰清理渠底的民工安全。

5名炮手上去了,身子悬在半空中叮叮当当地干了起来。一阵炮声过后,石头只炸掉了几小块。

头一次尝试失败了,没关系,再来一次。又一番紧张地打眼装药、放炮、点火,轰的一声,半座山飞上了天。

青石崭乖乖低头了,突击队员们刻石为记,把青石崭改名为英雄崭。

英雄渠钻出大山的屏障后,分成5条支渠伸向田野。4条支渠开凿顺利,唯独五支渠因为要跨过淅河,而迟迟拿不出施工方案。

杨贵听说以后,来到工地。经过实地调查,他提出了一个别出心裁的方案:修天桥渠,在天桥上铺帆布输水管。

过去林县人只见过彩虹飞架天上,谁见过流水在天上跑?杨贵给大家打气:"修这么长的英雄渠,咱林县不也是头一遭吗?怕什么,林县什么都缺,就是不缺克服困难的决心和坚韧不拔的干劲！"

年轻的县委书记一席话感染了大家。邮电局的工人赶来了，他们说："我们一定想办法把天桥的铁丝绳架好！"

缝纫厂的工匠赶来了，他们说："我们缝的帆布输水管，保证不漏水！"

家具厂的油漆匠赶来了，他们说："我们刷好帆布，按质按量完成任务。"

机械厂的钢铁工人也赶来了，他们说："我们用最好的炉子炼出最硬的钢，让咱这天桥支撑上一百年，一千年。"

万众一心，团结协作，这正是林县人干事创业的特色和魅力。

1959年1月16日，天桥终于架成通水了。帆布输水管像一条巨龙，头在北山，尾在南山，从离地50米高的空中，飞过了240米宽的淅河。

英雄渠工地，还流传着"二十四姐妹"大战河口山的故事。河口山是英雄渠通往四支渠的一个关卡。60名妇女接受了在这里开挖渠道的任务。

农历正月初二，女子们朝气蓬勃地开上了英雄渠工地。她们抬的抬，掘的掘，干得热火朝天。

可是不久，抡锤打钎难住了这些平常只会拈绣花针的妇女，还得由男人们帮助干。

一名叫李宜珍的姑娘生性要强，她很不服气，对女伴王荷竹说："犁地耕地都没难住咱，能叫抡锤打钎难倒？"

晚上，她们不顾一天劳累，找领导软磨硬泡，要求成立女子突击队。

就这样，英雄渠工地上出现了一支"二十四姐妹"突击队。

林县历史上第一次出现了妇女打钎的新鲜事。头两天，几十公斤重的大铁锤就是不听使唤，不是放空，就是打在扶钎人的手上。

女子们眼泪扑簌簌地往下掉，不是心疼自己，而是心急工程。

还是队长张凤巧一句话提醒了大家："唐僧还跑到西天取经呢，咱就不兴去学学？"

于是，姐妹们白天上工，晚上便找技术最好的男民工学习打钎，还带回了一套秘诀："打钎不对脸，最好三角站，扶钎莫低头，眼往钎顶看，随锤往下打，省得掏石面……"

上工在山上打，收工用木槌、木钎在工棚里练。起先只会抡直锤，后来又学会了抡圆锤。

李宜珍练得最是功夫到家，她两手扶钎，让两把铁锤同时打钎。张凤巧也能一口气打600锤。很快，她们就突破了日进3米的定额。

巾帼不让须眉。女英雄的故事，在英雄渠全线工地不胫而走，在整个林县大地广为流传。

可是，也有人不服气："打钎是拿手活，叫她们点炮试试看！"

"二十四姐妹"的劲头又被激起来了："这是怀疑妇女能顶半边天，咱就放个大炮让他们看看。"

其实，她们早就在操心学习爆破技术了，装药、下捻、封口都学会了，就是还没有敢点炮。

这天，太阳转向正南方，点炮的信号响了。队员付焕英的心扑通扑通地跳个不停。她咬了咬嘴唇，手里擎着两只火香，一口气点完21眼炮，然后一溜小跑地跑出了危险区。

一百多双眼睛紧张地看着她，静得能听到彼此的心跳。就在这时，惊天动地的炮声轰然炸响，漫山遍野起了狼烟。

"成功了，成功了！"女突击队员们把第一个女炮手围在当中，欢呼着，雀跃着。

从此，河口山上每天80多响炮，全部由女炮手放了。

在英雄渠庆祝通水的晚会上，"二十四姐妹"被全体民工请到了前座，受到了热烈而隆重的礼遇。

到这年10月，张凤巧还代表"二十四姐妹"出席了全国妇女建设社会主义积极分子大会。

这一年，毛泽东号召大办水利。3月份，国务院在新乡召开水利工作会议，讨论治理农业灌溉问题。

治理方案是上游"摘帽"，下游"脱靴"，即上游建水库把水蓄住，下游疏通河道水流畅通。

会议结束后，县委研究决定修筑要子街、弓上、南谷洞3座中型水库。这3座水库如果建成，那么全县南、中、北部，就可以彻底解决农业灌溉问题。

此时，人民群众发动起来了，情绪高涨，干劲很大，各社队还建设了一批小型库塘，水利建设取得很大成绩，受到党中央、国务院的高度重视。

1958年9月，在全国水土保持会议上，国务院水土保持委员会，授予中共林县县委、林县人民委员会一面锦旗。

11月1日，毛泽东赴郑州召开中央工作会议，即第一次郑州会议，在新乡火车站接见豫北地区的县委书记。杨贵参加了这次会议。

座谈时，毛泽东专门问到了水利建设，他告诫在座的县委书记们：

水利是农业的命脉，要提高农业生产水平，必须大搞水利。

毛泽东的话语，杨贵听得真真切切。

县委领导分组勘测水情

当林县水利建设取得重大胜利时，1959 年又遇到前所未有的大旱，一冬无雪，一春无雨，淇、淅、洹、露 4 条河流都干涸了。已建成的水渠无水可引，很多村庄群众又翻山越岭，远道取水吃。

事实证明，现有水利工程还不能从根本上改变林县干旱缺水的面貌。

该是收获的时候，麦子仍然匍匐在地上，麦秆直不起腰。受灾最严重的砚花水村，辛辛苦苦挑水种的麦，到了夏季收割都不用镰。

支书在群众会上宣布："全大队平均亩产二两八钱。"

老百姓抱头痛哭。消息传到县委，杨贵和一班常委们也都掉了泪。

在群众最需要的时刻，中共林县县委会议室的灯光亮了起来。

杨贵主持了县委书记处会议。在会上，他动了感情：

水就是林县的一切。只要在林县这块地界上干事，就得为父老乡亲们彻底解决缺水的问题。否则，我们就不是真正的共产党人！

县委书记处书记李运保说:"咱林县境内的山泉都经不起老天爷的考验。雨水多了,它流个不断,有时还会引起山洪暴发。逢干旱年头,便小得可怜,或者干脆断流。怪不得老百姓会编出这样的顺口溜,'旱天把雨盼,下雨冲一片,刮去黄沙土,留下石头蛋'。"

县长李贵沉思了半晌,悲愤地说:"挖山泉,打水井,地下不给水。挖旱池,打旱井,天上不给水。修水渠,建水库,河里没水可引,就是有水也蓄不住水。难道老天爷真要把林县人逼上梁山吗?"

杨贵站起来,接着李贵的话头说道:"不是逼上梁山,而是逼上太行山!林县十年九旱,引水就要引大水,才能彻底为老百姓解决水的问题。与其苦熬下去,世世代代继续受旱魔的摆布,不如拼了命苦干几年,重新安排林县的大好河山,为人民造福!"

李运保说:"可是,我在琢磨着,咱们到哪儿去引大水,林县境内再也找不出来像样的水源啦。"

杨贵微微一笑,说:"光在会议室里坐着,是找不出水源的。咱们不是有两条腿吗?我看,还是先带头去搞调查研究吧!"

林县要从根本上解决老百姓吃水的问题。要修渠就必须要有水源,但天地这么大,林县的水源到底在哪儿呢?

有3条河,可以作为林县引水的目标。第一条叫淅河,从县城的中部流过。第二条叫淇河,在县城的南部,

第三条是漳河，在县城的北部。

林县县委领导班子就分成了3个考察小组，然后兵分三路分别去勘测水情。县委书记处书记李运保等赴山西省壶关县，县长李贵等到山西省陵川县，杨贵和县委书记处书记周绍先率一个组去平顺县、潞城县。

李运保这一小组来到了淅河，沿着淅河，他越走越灰心，越走越灰心，为什么？因为这里的水源越来越小了。等到他们走到山西壶关，也就是淅河的源头，他们彻底失望了。第一组失败了。

第二条河是淇河，淇河是一条古老的河流。传说中古代二十四孝，王祥卧冰就发生在这条河上。

故事是这样的：在一个寒冷的冬天，王祥的母亲想吃淇河的鲤鱼，王祥来到了河边，一看到河床上结着厚厚的冰层，王祥就脱掉自己的衣服，趴在冰上，用自己的体温将冰融化，打上鲤鱼让母亲吃。

李贵带领的第二个考察小组来到了淇河。但是他们顺着淇河而上，一直走到了山西陵川淇河的源头，也失望了。这儿的水也太小，根本没有引用的可能。

一个失望接着一个失望，现在所有的希望都寄托在了县委书记杨贵带的第三个考察小组身上。

所有引水的希望只有漳河了。漳河出现在"西门豹治邺"这个故事中。远在战国时期的魏国的西门豹，带领着老百姓不仅治理了漳河，治理了水患，而且让漳河造福于一方百姓。

山西省平顺县石城公社的老百姓，忽然有一天发现，漳河两岸有点不正常。几个陌生人，提着竿子、尺子攀崖头，比比画画，鬼鬼祟祟。

那时人们的警惕性普遍很高，怀疑是台湾空降了特务，于是派一个民兵排悄悄摸了上去。

谁知一盘问，林县口音，其中还有中共林县县委书记杨贵。于是，石城公社的党委书记、石城大队支书、大队长等一干人迅速赶来了。

他们拉着杨贵的手直埋怨："杨书记，这可是你的错了，来了咱石城，怎么也不打个招呼？"

听了杨贵说明来意，石城人更热情了。他们风风火火地把杨贵一行拉到公社食堂，招待了一顿热气腾腾的面条汤配馍。

然后，石城的干部又找来了当地有点阅历的老人，开了一个小型座谈会，详尽地介绍了漳河发源地的水文地质情况。

杨贵了解到，漳河分为清漳和浊漳。清漳，水非常的清澈，但是水量很小。而浊漳呢，水虽然很浊，但是，流量很大。如果能够把漳河水引到林县，林县就有救了。

林县的水源找到了！

吴祖泰挑起设计大梁

水源找到了,第二步就要马上实施工程的测量。这样修建红旗渠工程的测量工作,落在了林县水利局水利技术员吴祖泰的肩上。

吴祖泰的老家是河南原阳的。他出生在河南原阳的白庙村。

小的时候家里很穷,有一年,为了逃荒,吴祖泰跟着父母就一路讨饭到了郑州,后来考入了河南黄河水利学校。他毕业后被分配到了新乡水利的专署。

1958年,吴祖泰主动要求调到了林县水利局。当时,林县正在兴建一些中小型的水利工程。

他来到林县之后,就投入到了水利工程的建设和勘测当中。吴祖泰跑遍了林县的山山水水,为当时的水利建设作出了很大的贡献。

引漳入林的测量、设计工作异常艰巨。即使有水源,但如果测量出现误差,修了渠,水也流不过来。

红旗渠总干渠的整个海拔,不能低于450米。如果低于了这个450米的海拔,红旗渠的灌溉面积就会由原来的50多万亩下降到7万亩。这是一个很大的差距。

如果要这样,红旗渠引漳入林工程不就又成为一个局部工程了吗?

在修这个工程之前，林县县委明确指出，为了不影响老百姓的正常生活和生产，要尽量地避开村庄，而且要尽量地避开耕地。

施工当然会放炮，会影响到老百姓的正常生活。把土地都给占用了，到时候渠修成了，也没地可浇了。所以，从太行山的山腰上去修这条渠，是一个最佳的选择。但是这样一来，就加大了工程的难度。

县委书记杨贵拍着吴祖泰的肩膀说了一句话，说："小吴，我相信你，你一定能够完成这个任务。"

吴祖泰挑起了红旗渠设计的大梁，带着他的测量小组，投入到测量工作当中。

70多公里，如果在平地上，可能不算什么。他们测量要在太行山的悬崖绝壁上，有些地方都是人从来没有涉足过的。

有的时候，吴祖泰和他的测量小组背着水平仪爬上了悬崖，但是找不到放这个水平仪的地方。这时，吴祖泰就让人把他自己用绳子拴起来，然后系在悬崖的边上。他把水平仪的一个角放在悬崖的边上，两个角就放在他自己的肩膀上。

吴祖泰出生在平原，走不惯山路，没几天脚上就起泡了。为了爬上悬崖，他的手上划了多处血口子。饿了就拿着自己身上带的干粮啃两口，渴了，就从山上敲块冰放在嘴里含一含。

吴祖泰和他的队员们，克服了重重的困难，凭着年轻人的干劲和一丝不苟的精神，在最短的时间以内，就交上了红旗渠的第一张设计蓝图。

当时吴祖泰的未婚妻，经常来看他，这个姑娘非常俊秀，叫薄慧贞。她是淇县高村的小学教师。

吴祖泰是家里的独生子，父母就想早一点把他的婚事给办了。由于吴祖泰太忙，婚期就一拖再拖。最后是在1959年的大年初一，吴祖泰和薄慧贞才举行了婚礼。

在大年初五，吴祖泰就又赶回林县。他们夫妻两个人在一块儿，也就仅仅是四五天的时间。

正值红旗渠开工、选线测量的时候，吴祖泰就挑起了勘测和设计的重任。

技术人员非常少，吴祖泰每天带着这个测量小组，不仅要到实地去勘测，晚上回来，还要对每一个工程的图纸进行详细的核算。

一天，一个人通知他说："吴技术员，地委让你马上到地委去开会，汇报红旗渠的情况。"

吴祖泰当时就说："我哪儿顾得上啊，这么忙，换个人去不行吗？"

来人就说："不行。点名让你去，车都备好了。"

那时基层没有车，吴祖泰一听都把车备了，就感觉到这个事情很大。他马上收拾上车，跟着来人走。

吴祖泰上车之后，来的这位同志才告诉他，原来是他新婚不久的妻子为了抢救一个过铁路的小学生，舍己救人不幸牺牲了。

吴祖泰一听脑袋"嗡"的一下，被这个消息打倒了。

他守着妻子的遗体，整整坐了一天一夜，一口饭都没吃，一滴水没有喝。

跟他一起去的同志说，吴祖泰当时哭得都没有眼泪了。但是，红旗渠正处于一个非常紧张的时期，大家在家里边都盼着他回去。

没有办法，吴祖泰匆匆地将妻子就地埋葬在她牺牲的淇县，想着等到渠道修成了以后，再把妻子的灵柩移回老家原阳。

回到林县的吴祖泰却病倒了，他在一个老乡家里边休养。大家不知道说什么来安慰他。

这个老乡家里，有一个六七岁的小女孩，当地的小女孩一般小名都叫妞妞。

一天，吴祖泰在床上躺着，就听到这个妞妞叫着说："叔叔，你吃。"

吴祖泰睁开眼睛一看，妞妞手里拿着两个煮鸡蛋。他摇了摇头说："叔叔不饿，你吃吧。"

没想到，这个小女孩还是很认真地对他说："叔叔，你吃。娘跟俺说了，这是给'宝贝'吃的。"

吴祖泰坐了起来，他疑惑地说："什么'宝贝'啊？"

妞妞说："俺是俺娘的宝贝，你是大伙的宝贝。你要是好不了，俺的大渠就修不成了。所以叔叔，这个还是你吃。"

吴祖泰听完，一把将小女孩抱在怀里，说："妞妞，放心吧，叔叔一定会把大渠给你修成的。"

从此，吴祖泰就成了工地上最忙的一个人。白天他在这个山崖上测量，晚上他就在这个工棚里边计算。

1960年的3月28号，山西省境内王家庄隧洞开工，工程在易于塌方的石山中向前掘进。

一天傍晚，大家下工吃晚饭的时候，吴祖泰刚刚盛了一碗饭，有一个工友回来告诉他说："技术员，我向您反映一个情况，我们收工的时候，我发现这个隧洞的顶部出现裂缝了。"

吴祖泰一听，放下盛好的饭就走。老司务长一把拉住他说："吴技术，你吃了饭再去嘛。"

吴祖泰一边急匆匆地往外走，一边跟这个司务长说："没事儿，一会儿回来我再吃，现在趁着天还早，我得想办法。要不然大家明天一上工，不能让大家顶着危险去里边施工。"

谁也没有想到，吴技术员进洞刚刚10分钟，塌方发生了。等到大伙儿跑到那儿的时候，浓烟还没有散去。吴技术员被压在了塌方的碎石下边。

大家找到吴技术员的时候，他看上去非常安详，静静地，就像睡着了一样。

吴祖泰牺牲了。林县县委决定，要将烈士的遗体送回他的老家原阳。

水利局干部刘合锁就主动承担了这项任务。刘合锁是吴祖泰生前非常好的朋友，他对吴祖泰非常敬佩。

刘合锁当时猛地一下听到吴祖泰牺牲的这个消息的

时候，他不相信，他总认为吴祖泰还活着。但是在回原阳的途中，刘合锁的心情非常沉重……

吴祖泰是家里的独子。在吴祖泰牺牲之前的1958年，他的姐夫，由于在公安部门工作，在一次因公出差当中，殉职牺牲了。三年时间，三位至亲的人离世了。两位老人能够承受这样大的打击吗？见到两位老人，怎么张开嘴说。

当刘合锁走进吴祖泰家门的时候，他发现两位老人已经早早地等在那儿了。

吴祖泰的老母亲当时一把拉住了刘合锁，端详了好半天，然后对他说："孩子，你回来啦。"

刘合锁实在忍不住了，眼泪"刷"地就下来了。

老妈妈拉着刘合锁，对在场所有的人说："谁说俺的孩子回不来？谁说俺的孩子回不来？你们看，这不是俺的孩儿回来了吗？"

刘合锁"扑通"一下，就给两位老人跪下了："娘，我就是你们的儿子。孩子不孝啊。"两位老人和刘合锁抱在一起失声痛哭。在场所有的人，都潸然泪下。

完成引漳入林规划

1959年10月10日夜,由杨贵主持,中共林县县委全体扩大会议召开了。

人们一踏入会议室,首先映入眼帘的是墙上一张引漳入林示意图。

杨贵挥手,用红笔在地图上的山西境内沿漳河边的辛安、侯壁断、耽车几个地方,重重地画了圆圈,转身向大家说:"从勘测的结果看,淇河、淅河上游的陵川、壶关引水希望不大。水源充足的还是这老漳河。常年流量有20,枯水季节也有10多个。

"如果从辛安或耽车引水,水位将大大高于天桥断,让渠水沿南谷洞水库大坝过去,在黄露郊凿一个隧洞,水从姚村水河村出来,还能修一座高水头大流量的发电站,将南水北调改为北水南调,把南谷洞水库、弓上水库、要子水库串联起来。"

32岁的县委书记杨贵,有条不紊地讲着:"这样,林县就有了一条贯穿南北的大运河,既可以保证农业灌溉,又可以行船航运。林县很快会变成江南鱼米之乡了。"

第二天早晨,会议形成了决议:

中共林县县委全体扩大会议,一致同意兴

建引漳入林工程。

10月29日，中共林县县委再次召开全体会议，认真讨论引漳入林工程的有利条件和不利因素，进一步统一了思想认识。

最后，县委决定，广大党员干部深入基层，充分发动群众，做好引漳入林的前期准备。待请示上级批准后，工程立即上马。

与深入群众同步进行的是测量设计。县委派出35名水利技术人员沿漳河实地勘测，提出了侯壁断、耽车村、辛安村三个引水点。

杨贵千叮咛万嘱咐："引漳入林修的是一条百姓渠。如果设计上出了差错，水引不过来，你我，咱们可就成了林县人民的千古罪人！"

结果，测量队反复测了4次，才郑重向县委提交了测量报告。

紧接着，中共林县县委作出的兴建引漳入林工程，进入请示日程。

11月6日，中共林县县委正式向新乡地委、河南省委报送《关于"引漳入林"工程施工的请示》。

11月28日，县委举行常委会议，听取第三次测量汇报，对3个引水点作了比较，最后确定，按从辛安村引水制订工程设计草案。

12月5日，杨贵向中共新乡地委主要负责同志，汇报了引漳入林工程设计情况。

12月23日，新乡地区水利建设指挥部，发出《关于同意林县兴建引漳入林工程的通知》。

1960年1月13日，县委召开书记处会议，对引漳入林工程又进一步进行了讨论，同意以林县人民委员会名义，向上级政府请示。

1月24日，杨贵给中共河南省委书记处书记史向生写信，请示省委、省人委帮助给山西省委、省人委发函，协商解决从山西境内引漳入林问题。

1月27日，中共河南省委、省人委向中共山西省委、省人委发出公函。

省委书记处书记史向生和省委秘书长戴苏理，以个人名义，给中共山西省委书记陶鲁笳、书记处书记王谦写信，请求山西省党政领导支持林县兴建引漳入林工程。

这时已是农历己亥年腊月二十九，第二天就是中国传统的大年初一。

林县县委农村工作部部长王才书同县人委山区建设部秘书石玉杰揣上信，顾不上过春节，他们赶赴山西省会太原市，转达了河南省委对兴建引漳入林工程的意见。

水，对山西人民来说，实在是太稀缺了。此时，山西在兴师动众，酝酿规模宏大的引黄工程。

1958年8月，中央在成都召开工作会议。

陶鲁笳向毛泽东汇报工作时，说："山西同北京商量，为了解决工农业缺水问题，我们有一个共同的雄心壮志，想从内蒙古的清水河县岔河口，引黄河水200个流量；100个流量经桑干河流入官厅水库，100个流量入汾河。科技人员经过勘察，已提出线路的初步设想。"

毛泽东听了，表示同意，他说："我们不能只骂黄河百害，我们要改造它，利用它，其实黄河很有用，是一条天生的引水渠。"

陶鲁笳和林县是有些渊源的。在战争年代，陶鲁笳曾担任过太行五地委的书记，而这个太行五地委，就设在林县。

2月1日，陶鲁笳召集山西省委书记处书记王谦、副省长刘开基等有关方面领导开会，研究林县提出的从山西境内引漳河水入林的请求。王才书、石玉杰也列席了这个会议。

同样，处在缺水困境的山西人民，向林县人民伸出了慷慨无私的援助之手。

会议经过研究，向中共晋东南地委、平顺县委发出指示，要求他们协助林县选好引漳入林工程的引水地点。

林县县委的主要领导，也在期待中度过了一个亢奋的春节。

大年初一这天，李运保、周绍先、秦大生，不约而同地来到杨贵家里，简单地互致问候后，马上把话题又转移到引漳入林工程上来。

2月3日，中共山西省委书记处书记王谦、副省长刘开基，给中共河南省委书记处书记史向生复信，同意林县兴建引漳入林工程。

因耽车村以下有赤壁断、侯壁断等几个大跌水，要建水力发电站，所以"建议林县引漳入林工程从平顺县侯壁断下引水，按此设计"。

2月6日，杨贵正在郑州参加全省四级干部会议。当省委书记处办公室将王谦、刘开基给史向生的复信，转给他阅后，杨贵像个孩子一样，高兴得跳了起来。

二、建设引水工程

- 听罢动员令不到一个时辰，秦宽路就召集一部分村的人马赶到县城戏院大门口，坐等天亮出征。

- 人声、车声、炮声、锻石声在峡谷河滩间回旋，久久不能散去。杨贵为之兴奋，为之振奋，但他很快又发现了问题。

- 有一个青年每次吃饭的时候，总是先喝一碗汤，把一个窝头揣到怀里。

中央领导人支持引漳入林

引漳入林工程的消息,在全省的四级干部会上传开后,许多人都吃了一惊,怀疑林县县委这帮人神经是不是出了毛病。

这些人的怀疑有其原因。1960年,是人民生活极端困难的一年。然而,恰恰在这个艰难备至的时候,闻所未闻的引漳入林工程要上马了。林县人能拿出多少资金修筑这么大的工程?

有的人找到杨贵,不客气地质问:"你林县有多大的荷叶,敢包这么大个粽子?"

杨贵不卑不亢地回击:"我们有55万人。"

省委书记刘建勋,倒是很赞赏林县人这股劲儿。

不过,这位省委书记还是表示了人们心中的疑虑:"林县到底有多少家底?"

林县到底有多少家底?在那个时候,属于林县的"超级机密",除了杨贵和县委几个主要负责人之外,谁也不知晓。

几年后,这个"超级机密"还是露馅了。原来,林县在丰收年,悄悄攒下了4500万公斤储备粮,还私设了一个200来万元的"小金库"!

为此,上级派来了调查组,虽然林县县委据理力争,还是给县人民银行行长路明顺一个党内警告处分。

林县的这点家底,后来也捅到了时任主管财贸工作的国务院副总理李先念那里。

李先念一听哈哈一笑:"这不是什么大问题,也不要把它看得过重了。动用这个钱合情合理,只不过是有点不合乎规定。"

国务院领导和省委领导的支持,给林县县委减轻了不少压力。

然而,即便如此,杨贵的心里还是沉甸甸的:4500万公斤粮食、200多万元资金,对于引漳入林工程来说,这张"荷叶"也还是过于小了。

杨贵经过一番深思熟虑,为破解这道难题,找到了一把万能钥匙。

杨贵在日记中,写下了这样一段朴实无华的文字:

> 引漳入林工程很大,现在正是困难时期,国家拿不出钱来投资。如果等到形势好转后再修建,那时会出现什么情况,很难预料。错过这次机会,林县人民可能将永远受缺水之苦。现在修建,困难太多了,最基本的办法是自力更生。
>
> 如何把自力更生具体化?各公社按渠道可灌面积投工,民工实行包工定额,把工分介绍回队参加分配;上工地民工自带镢头、铁锹、

抬筐，个人没有的生产队负责自备，吃粮食每人暂定一市斤或一市斤半，民工自带口粮，不足部分由集体储备粮补足，蔬菜由生产队统一送到工地；工具修理由各公社负责，根据人数多少，建立几个工具修理点，各队搜集废钢铁送到工地，供修理员使用。

县里还有二百多万元资金，负责购买炸药、钢钎、水泥等大件物料，注重节约，反对浪费。组织民工学习毛泽东主席自力更生、艰苦奋斗的有关著作，宣传红军两万五千里长征闹革命、爬雪山过草地、不怕吃苦、战胜困难的革命精神。群众是圣人，只要依靠群众，很多困难都可以解决的。

自力更生、艰苦奋斗有力量！这是杨贵发自肺腑的心声，也是中共林县县委所能拥有的最大的"家底"。

杨贵铁了心了。中共林县县委铁了心了。55万林县人民铁了心了。

举行引漳入林工程誓师大会

1960年春节刚过，林县县委办公室里，李运保在踱来踱去。突然，电话铃声响起来。李运保扑过去，一把抓起电话听筒。

线路那端传来杨贵响亮的声音，听得出他很兴奋：

"运保吗？我还在郑州开着四级干部会哩。你们在家的常委不要等我了，准备工作落实后，立即召开全县动员大会，抓紧时间上人，尽快打响引漳入林第一炮。"

李运保赶紧问了一句："哪天动手？你拍板。"

"选个吉日。正月十五怎么样？元宵节，我们搞它个全县大团圆，10万人战太行。哈哈哈。"杨贵禁不住笑出了声。

接到杨贵的电话，县委、县政府机关像一架突然启动的机器，立即高速运转起来。

1960年2月7日下午，中共林县县委委员、县直各局委负责人、各乡党委书记们，齐齐会聚任村乡盘阳村边的凤凰山上，由李运保主持，召开引漳入林筹备会议。

会议研究通过了引漳入林的组织机构和工程施工方案。引漳入林总指挥部由政委杨贵、李运保，总指挥周绍先，副总指挥由王才书、郭凤辰、尹丁山组成。

开完了会，李运保赶紧带队沿渠线徒步跋涉，分配各公社施工地段。

接着,李运保又急匆匆赶往山西平顺县,为开工打招呼。等到李运保一行走到平顺县石城公社,已是2月10日的凌晨3时多了。

早就在这儿等候多时的平顺县委书记李林,一听说明天引漳入林工程开工,要上10万人,顿时跳了起来。

"伙计,你疯了?我平顺县全县才17万人。"

"知道。"

"而且,你们几万人大部分要在石城安营扎寨,我就是把全公社的民房都腾出来,也不够住啊。"

"腾几间算几间吧。"

李林算了算说:"行,最多230间。"

李运保立即接上:"那好吧,其余人住石堰和崖洞。"

李林倒抽了一口凉气,感叹道:"林县人不要命了!"

林县是个什么情况,李林一清二楚。如果不是缺水闹的,林县人怎会"不要命"?

林县人向太行山发起总攻的时刻终于到来了。

1960年2月10日,农历正月十四。就在这天晚上,中共林县县委、林县引漳入林总指挥部,召开全县引漳入林工程广播誓师大会。

上百盏电灯、汽马灯照得会场格外明亮。

李运保走上台,代表县委和引漳入林总指挥部,向全县人民宣读《引漳入林动员令》:

引漳入林是我县人民群众多年来梦寐以求的事情，在党中央、毛主席和省、地委的正确领导下，经过全县各级党委的多方面努力，这一理想很快就要变为现实了。

伟大的划时代的引漳入林工程，定于明日，1960年2月11日正式开工！

《引漳入林动员令》通过有线广播，迅速传遍了林县大地的角角落落。

从县委机关到农家小院，人们都在热烈地议论着县委发出的动员令。各公社连夜召开党委紧急会议，作出具体安排。被批准上工地的民工紧张忙碌起来，都在打点行装，准备工具。

工地上出现一群铁姑娘

1960年4月18号,林县的天空上,突然来了一架直升机。随着这架直升机的降落,整个山城沸腾了,大家没有见过直升机,都跑到那儿来看。飞机是来接红旗渠工地上的李改云。

红旗渠开始修建以后,大家的热情非常高涨。

一天,大家正在那儿干活儿呢,李改云突然就听到有小石头掉下来的声音。她就跟着这个声音抬头一看,她发现一块山石已经裂开了,马上就要掉下来。

李改云急忙大喊,快跑快跑,石头要掉下来了。而在这个石头的下边,还有几十个民工正在干活。大家随着她的声音一看,马上扔掉工具,撒腿就跑。

这个时候,有一个小姑娘,已经被吓傻了,站在那儿不会动了。李改云跑过去,她想也没想,上去往前一扑,石头掉下来了。

小姑娘得救了,但是李改云却不见了。等到大家找到她的时候,她已经被埋在乱石当中。

大家连忙把李改云救了出来,她整个的小腿都被砸烂了。腿上已经没有一块完整的皮肤。大家很快地把她送到了就近的医院治疗,但是情况不容乐观。

当医生了解到李改云的这个事迹以后,竟然和一起协助他的护士，从自己的身上把皮肤切下来给李改云移植。

消息传开，省委领导亲自派直升机，将李改云送到了郑州进行治疗。通过大家一起努力抢救，李改云终于脱离了危险。

但是李改云的腿却没有保住，落下了终身残疾，只要阴天下雨，她的腿就会钻心地疼，让她整夜整夜地睡不着。

太行山赋予了林县男人们一种豪气，但同时它也赋予了林县姑娘们一种坚韧。姑娘们没有退缩，而是干劲更足了。

在工地上，姑娘们和男社员展开竞赛。你们抡锤打钎，我们也能。当时的铁锤轻的 6 公斤，重的 7 公斤，更有 8 公斤的。

姑娘们抡铁锤，有的可以连续打到 600 下。胳膊打肿了，伸不到棉衣里面去，但是没有一个人说苦。

几个姑娘，还练就了一个绝技，她们可以双手握钎，供 4 个人同时打。这个打钎，每打一次就必须转动一次钎把，要不然这个钎就镶到里面，拔不出来了。

打钎对虎口震动是非常大的。虎口打裂了，又正是大冬天，加上冻疮，姑娘们的手受伤严重。卫生员在给她们打消炎针的时候，情不自禁地流下了眼泪。因为针从手背扎进去，药水从手心就渗了出来。

姑娘们的手都烂了。就这样，姑娘们用她们这种毅力，赢得了一个非常响亮的称号"铁姑娘"。

"铁姑娘"这三个字，是荣誉，更是勇气和担当。她们用自己的出色表现，让太行山上最坚硬的岩石也不得不低下头来，她们的付出是巨大的、让人心痛的。

众多的红旗渠建设中有为红旗渠建设献出青春生命的英雄人物。

有高瞻远瞩、审时度势、科学决策、冲锋陷阵、坚持同群众一块浴血奋战的县、公社领导干部。

有精心设计、积极参与施工的各级工程技术人员代表，有起到带头、骨干、模范的作用，为红旗渠建设历尽艰险的劳动模范代表。

有献计献策、勇于革新、提供优质服务、促进工程进展的，包括一般干部和民工在内的各方面的典型代表人物等等。

他们既是红旗渠建设的顶梁柱和闯将，又是红旗渠建设先进人物群体中的杰出代表。

郭增堂创造简易拱架法

1960年2月10日,当中共林县县委、林县引漳入林总指挥部发布《引漳入林动员令》后,采桑公社党委副书记秦宽录,怕别的公社抢了先,听罢动员令不到两个小时,就召集一部分村的人马赶到县城戏院大门口,坐等天亮出征。

李运保知道了,感动得眼泪差点掉下来。他骑了自行车跑到戏院大门口,找到秦宽录劝说道:"宽录,你们回去吧,天这么冷,还黑洞洞的,这是干什么?"

可是,秦宽录和群众都不愿意回。有的说:"天冷怕啥,咱修引漳入林,就是准备去受罪哩!"

秦宽录乐呵呵地对李运保笑道:"李书记,你听到了,这是人民群众的心愿,我还能泼凉水,撵他们回去不成?"

李运保在戏院门前昏暗的灯光里,瞪了秦宽录一眼:"你甭犟,让大家身体受了影响,我找你算账!"

在红旗渠的建设当中,采桑公社果然抢了头功。单说指挥民工连的郭增堂节约用料,就让人们佩服不已。

1960年初,林县采桑公社党委委员、农业助理郭增堂,接到了让他参加红旗渠建设的通知。

这年,郭增堂已经50多岁了,一听到这个消息,他像自己家里办喜事一样高兴，二话没说，卷了卷铺盖就上了红旗渠工地。

1962年冬，红旗渠上的盘阳洞工程正在紧张施工中。渠道到盘阳，被一架高山拦腰挡道，要钻一个长214米、高4.7米、宽6米的隧道，水才能通过去。

钻洞任务由采桑公社的南采桑、南峪两个大队的民工连负责，分别从东西两头同时施工。

民工连头一次钻洞，面对坚硬似铁的火炼石，炮小了功效低，炮大了容易塌。郭增堂来到了这艰巨的工段。

当洞的两头各钻有30米左右时，南采桑负责的西洞口，突然发生冒顶事故，洞顶上坍下了齐人深的石方，堵住了施工现场。

郭增堂来到西洞口，洞顶上还不住地往下落石块。他望着满面愁容的南采桑民工连长宋榜吉说："甭老坐在这儿愁眉苦脸。现在需要的是想办法，给民工出主意。"

宋榜吉在郭增堂的启发下提出修明渠的建议，一旁的民工也支持。

郭增堂说："你们记不记得咱们修渠道的三条原则？"

"咋不记得，'修渠又修路，少占地，不毁树'。"民工们异口同声地答道。

"现在咱想想，在这里修明渠，符不符合县委提出的要求。"

民工们仔细思索，经过权衡利弊，放弃了在这里修明渠的想法。最后决定：西头暂时停工，劳力集中东头继续钻洞。

第二天，郭增堂来到了东头洞里，民工虽增多了，却拥挤不堪，人多使不上劲，工程进度反倒不如先前。

郭增堂看到这情景，心想：这样下去可不行。

郭增堂从小饱尝过大自然给人们带来的灾难，他深深地了解水在林县人民心目中的位置。为了全县人民的幸福，难道就不能挺身进洞除险排难，为民工们开辟一个安全施工现场吗？为了人民的利益，还有什么不可以牺牲的？

郭增堂回到采桑公社分指挥部，召开干部会议，商量入洞的事。他说："咱修渠就是打仗，我们干部要带头冲上去。"

"老郭，下令吧，你说啥时干就啥时干。"

"好，今天下午做准备，从明天开始。"

这天，天还不太亮，一支13人的干部队伍吃罢早饭，就来到工地。

郭增堂扶了扶安全帽，第一个钻进洞里。接着郭法科、秦永录等也一个个先后进去了。

他们用铁钩钩洞顶上活动的险石，一块块钩掉，又一筐筐抬出，郭增堂的手磨破了，肩压肿了，寒湿侵袭着他的身体，他忍着浑身关节的疼痛，坚持不下火线。

半个月过去了，他们清除险石160多立方米，直到为民工开辟出了一个安全施工的环境才走出山洞。

在红旗渠工地，不论酷暑还是严冬，郭增堂总是第一个到工地，最后一个离开工地。

他和民工们一起放炮崩山、凿石钻洞、垒砌渡桥槽，民工抡锤他抡锤，民工放炮他放炮，民工滚石他锻石。

申家岗工程施工过程中，渠线上清基、备料，进行得都很顺利，唯有石灰供不应求，影响速度。

就在人们发愁的当儿，明窑烧石灰法，通过红旗渠总指挥部的快报，最先传到采桑公社的工地，真是雪中送炭！

郭增堂马上派魏运才前往兄弟公社学习，并说一定要当天去当天回来。

明窑烧石灰，是先点火后装窑。人在窑面上作业，稍不注意就会发生煤气中毒事故。

郭增堂知道，一个指挥员，时时处处都应以身作则，身先士卒。所以当别人劝阻他"你有关节炎，甭去了，我们注意安全，坚决完成任务"的时候，老郭却饶有风趣地说："关节炎怕寒喜热，到窑上一熏、一蒸，比吃药打针都有效。"

郭增堂来到现场，先是和民工们一起抬石头、抬煤，后来就在窑顶上负责铺煤、铺石。

秋风阵阵，烟雾蒙蒙。郭增堂和民工们在窑上被浓黑的煤烟包围住了，煤气直往鼻孔、喉咙里钻。

郭增堂闭住嘴，仍在不停地工作着。一个小时、两个小时……他愈来愈感到呼吸困难。

当他搬最后一块石头时，晕倒在窑上了。民工们赶快冲到窑下，找医生抢救，并把老郭送回分指挥部。

郭增堂醒来后，就下床走出门外。炊事员看见了急忙拦阻："医生叫你好生歇着，你咋又起来啦？"

"歇啥哩，又不累。狐王洞、呼家窑还没有清完基，得去瞧瞧。基清不好，就要影响渠的质量。"

"不能去，病没好清，中午饭又没吃，今天得在家躺着哩！"

"煤气中毒不算病，到外边，风一吹，好得还快哩！"说罢，他就往工地走去。

郭增堂这种大无畏的精神，在干部和民工中引起了很大的反响。他们都说："老郭是钢打铁铸的人。"

在郭增堂的带领下，分指挥部的13个干部，都和民工们一起劳动，敢于担风险、挑重担。

郭增堂带出了一批有勇有智、敢闯敢拼的好干部，也带出了一支不怕苦、不怕死、能征惯战的民工队伍。

在修建桃园渡桥时，郭增堂碰到了大难题。

渡桥要飞跨100米宽、24米深的枯河沟。这是红旗渠上最高的一座大渡桥，工程很是艰险。

但是，对这位勇于打硬仗、善于打硬仗的指挥员来说，当时并没有过多考虑渡桥多高多长、工程的艰险。

郭增堂考虑的是，修建这座大渡桥，要在高空作业，必须保证施工人员的安全。可靠的安全基点是，既要有保险的脚手架，又要有结实的拱圈用的木架，还要有安全的路架。而这些又全靠既直又长、既坚硬又有足够数量的木料。

然而，实际情况却与郭增堂的要求有很大的距离。

总指挥长马有金来到了采桑公社的工地，他是特意来同郭增堂商量节省木料的拱架法。

老马一见郭增堂就扯上正题："老郭，你从最节约考虑，算算建这座大桥需要多少根木料。"

在红旗渠工地上，郭增堂是以勤俭出名的指挥员。每段工程开始，从来不多领物料，中间也不追加。

他常常是：能用铁锹别掉的石头，就不用炸药崩，筐坏了能用树皮缠缠使用绝不让民工领新的。不论在哪个工段施工，工程一结束，都是大车往回交节余下的炸药、抬筐、麻绳等。

郭增堂领导的分指挥部，是全渠线节约最好、节约数字最大的一个分指挥部。

对于这次建桥需要的木料，郭增堂心中早已本着节约精神打过谱，大约需七八米长的木杆2000根。

现在，老马又叫节省再节省，郭增堂琢磨了一阵以后说："1800根吧，不能再少了，有一条，还得是8米以上长的。"

"为什么？"

"一孔8米跨径，短了不行。"

"用不了那么多吧？"

"七孔桥，少不了1800根。"

"1200根咋样？"

"不行。"

马有金皱了皱眉头，沉思一会，说："老郭，给你交了底吧，眼下木料很缺，只有千把根，明天就给你送来。可是，告诉你，一不准截断，二不准用铁钉子固定，三不准损伤木料。桥建成，木料还有用场。"

三个不准，难得郭增堂默不做声。

马有金看着郭增堂犯愁的样子，继续说："你也知道，咱修红旗渠是靠自力更生上马的。缺木料是事实，你要能和民工一块想出个节省木料的拱架法，你想想，只是几个钱吗？"

"老马，甭说了，如今还有千把根木料，就是没有也要把桥建起来。"

郭增堂一贯是迎着困难前进的人。他常说："天下没有难事，你要怕就难，你不怕，难就跑了。"

送走了总指挥长，郭增堂想，工作中遇困难，应当首先问群众，要让大伙的智慧和创造力用到解决木料问题上。

林县有句土话，叫作"一人不过二人意，三人过来定好计"。

群众动脑筋、想办法、战胜困难、获得胜利的往事又重现在郭增堂的眼前：

1962年，钻盘阳洞时，曾遇到过照明的难题。洞内潮湿、漆黑，点煤油灯，烟雾缭绕，由于通风不好，熏得民工们头晕、咳嗽，曾一度影响施工。后来民工想出用镜子借太阳光的办法，终于解决了问题。

1964年，在申家岗建两个涵洞，一反常规，用先拱圈后掏胎的办法，节省了一道工序。外公社说采桑把窍门使绝了，而这窍门，不也是民工集体智慧的结晶吗？

在民工大会上，郭增堂讲了完成这座咽喉工程的重要意义后又说："有人讲千把根木料建不成桥。咱们要知道，买一根8米长的木杆，从安阳运到这里，原价加运费是80元一根。100根8000元，1000根8万元，8万元就是80万斤粮食呀！"

郭增堂讲，人们一个个静静地听着。话虽不多，却在民工心里引起了极大的震动。

"我们不能光图施工方便，也得从国家利益想想，大手大脚的事咱不干。

"咱就是用土当拱架也得把桥建起来。渠下的地等水，没水吃的人家都在等着哩！

"靠土办法是咱的老传统了，咱都要动动脑筋想想办法。"

一个群众性献计献策的运动被动员起来了。大家三人一堆、五人一伙，边备料边议论，为建筑简便的拱架动脑筋。

夜晚，民工深夜还不入睡，即便躺下，还在想窍门。

郭增堂和民工一样，更是绞尽了脑汁。

这天，郭增堂和民工一块锻石，一面锻一面谈着怎么省木料的法子。正商量着，技术员秦永录来了。他带来了用上梁的办法拱架，这样拱架顶上就能省去一根大梁。

在这里的民工，许多人都亲手盖过房，上过梁，大家听了如获至宝地说："老郭，这法中，上头减大梁，下边去柱子。立木顶千斤哩。"

紧接着，突然开了窍的民工纷纷说出好想法，窍门也一个个提出来了。

郭增堂听着大伙的讨论，觉着有理，却没有立即表态。他在想：这两种办法，一孔要比老办法省8根大梁，如果能行，千把根大木料，不是不足，还有余哩。可是，这种架法支撑力怎么样，能不能经得起上边的压力？一个拱圈顶有20立方米石头，加灌浆，民工在上边劳动，压力最小是七八万公斤，切不可鲁莽，需要试验试验。

他把自己的想法说给在场的人，大家都同意他的看法。

试验在北头最低的一孔进行。垒砌拱圈时，桥墩周围站满了人，大家都盼望着试验的成功。郭增堂更是忙，一会儿跑到拱顶上瞧瞧，一会儿又跑到桥下听听支架动不动。结果安然无事，拱圈合拢了。

从此，林县建筑史上从来没有过的简易拱架法诞生了。

4月21日，红旗渠竣工通水了。郭增堂以特等模范单位代表、特等劳动模范身份，参加了通水典礼。

工程改名为红旗渠

林县县委书记杨贵，刚刚从省城郑州开完全省四级干部会议回来。放下手中的行李，杨贵便马不停蹄地上了引漳入林工地。

在工地，杨贵被一幅劈山导河的壮阔画面深深吸引住了。只见，耸入云端的悬崖峭壁上，架起了一条条空中运输线，半山腰生起了一盘盘通红的铁匠炉，爆破队爬崖攀壁，在鸟雀筑巢立足之处，凌空飞荡。

渠线上，垒砌工匠舞弄着锤、泥刀，挥汗成雨。

工地上，一座座石灰窑喷云吐雾，男女石匠锻石叮当作响，运输队担水运沙，来往穿梭，熙熙攘攘。

人声、车声、炮声、锻石声在峡谷河滩间回旋，久久不能散去。

杨贵为之兴奋，为之振奋，但他很快又发现了问题。

几万人一下拥到了太行山上，排成了一条长龙，马上后勤跟不上了。当时施工，一般都是一处施工，多处备料。但是这70多公里，你光走一走就需要几天。

工地上仅几个技术员，他们每天不停地在每一个工段上来回跑。跑完所有工段，也需要几天时间。想及时给施工人员指导，根本不行，做不到。那这些人呢，他们又是各自为营，不是挖高了，就是挖低了。

杨贵书记一看，漫山遍野就是一个一个鸡窝坑。在这个时候，如果不马上解决存在的问题，引漳入林工程不堪设想。

在工地总指挥部所在地盘阳村，杨贵马上召开了林县县委全体班子会议，针对目前引漳入林工程存在的问题，进行了专门的研究。

会议分析所存在问题的原因是什么，就是因为战线拉得太长、兵力太分散。

会议决定，把 70 多公里长的渠线，分成四段工程，每一段当成一个战役来打。

每一个战役都要保证领导、劳力、物资、技术四个集中，集中精力，修一段，成一段，成一段就见效一段。这样，可以让大家不断地看到引漳入林工程的收益，不断树立大家的信念。

第一期集中修建渠首至河口渠段，第二期修建河口至木家庄渠段，第三期修建南谷洞水库至分水岭渠段，第四期修建木家庄至南谷洞水库渠段。

在这个盘阳会议上，还有一项重要的决议，为了鼓舞林县人民修渠的斗志，会议决定把引漳入林工程改名为红旗渠，意思就是高举红旗向前进。

县委书记杨贵激情洋溢地鼓舞着大家：

引漳入林工程是艰巨的，任务是光荣的、伟大的，我们必须鼓足干劲，自力更生，艰苦奋斗，树立不怕困难、不怕牺牲的大无畏革命精神，向太行山开战。

物质可以变精神，精神也可以变物质。人们发挥了主观能动性，就能改变自然面貌。现在，林县人民群众瞪大了双眼，正在看着你们，盼着你们早日把漳河水引回来。你们正在做着一件了不起的事情。引漳入林是林县党组织和人民的历史任务，完成后也是林县人民劳动史上的一个大奇迹。

修渠的艰苦岁月

总指挥部将渠首到分水岭 70 多公里的干渠修建打桩立界任务，全部分到了 15 个公社。浩浩荡荡的队伍，后边人踩着前边人的脚，像潮水一样涌向漳河岸边。

原计划总干渠每人修一米。民工们热情高涨，说出的话也掷地有声：

一米，不就是三尺长么！它就是钢的、铁的，我们也给它嚼了咽下去！

实际上，太行山不是那么轻易就低头的。70 多公里，仅仅是地图上的距离，若要随着登山顺弯就势，两三倍也不止。

另外，这是在山沟里做活，逢山开路，遇水搭桥，鲁班来了也得皱眉头。

还有，一下子上去 10 万人，挤在峡谷荒山和小山村里，仅住房一项，就很难解决！

渠首所在的王家庄、阳高、车当等村老百姓听说河南林县人来修渠，二话没说，千方百计把能腾的房子全腾了出来，还让出了近千亩耕地，迁移了祖坟，毁掉了大批果木，尽自己最大可能支援林县修渠大军。

山西人的全力支持至今让林县人难忘。

但杯水车薪,还是满足不了大部分民工的生活所需。怎么办?林县人还能被困难吓跑吗?

为了把老漳河牵回家,民工们决定拼了,许多人抱定这样的信念冲了上去。

没有房子住,住崖洞,管它潮与不潮,冷与不冷。有的地段连崖洞也没有,民工们干脆到山上割一捆白茅草,在靠山檐下的石头上一铺,就是床了。

白天干一天,晚上被子潮得不能贴身。在席棚里睡的人,半夜醒来,一睁眼看到的却是满天星斗,原来席子早被山风刮跑了。民工们一笑,照样扛起工具上工去。

没有路,自己修。民工们在卢家拐村的崖嘴上放了开凿大路的第一炮,崩开了一个大豁口。

接着奋战三天三夜,横跨漳河修筑了一座坚实的木桥,使豫晋边界峡谷变成了坦途。

边界通了,侯壁断下渠首处也通了,像一条蜿蜒的公路一头扎进漳河,一头伸向莽莽苍苍的大山,像一条缚龙的长缨锁住滔滔漳河水。

沉寂的太行山腹地,第一次响起了汽车马达的轰鸣。

没有水泥、石灰、炸药等建渠物资,自己造。

硝酸铵化肥再掺上锯末、煤面或牛粪,套上牲口用碾子碾细,就成了威力无比的土炸药。仅此一项,总干渠工程就节约资金145万元。

石灰是建渠砌体的主要黏合材料,烧制石灰,在林县有几千年的历史。

红旗渠施工初期,因资金困难,水泥价格贵、货源少,各工段建了许多小窑烧制石灰。

但是,这种传统式的石灰窑容积小、产量低,每公斤煤烧石灰3公斤,每窑最多烧25到30吨,而且成本较高,远不能满足施工需要。况且,修渠工段不断向前伸延,石灰窑不能转移。于是,修渠民工,创造了"明窑堆烧石灰法"。

这种方法不需要建造固定的石灰窑,可依据本工段需要量,任意定规模,就地取材,就地烧制。

建渠使用的石灰全靠自己烧,水泥靠自己办厂解决。大量的抬筐,是从山上割来荆条,自己编。缺少钢钎,就从部队购买在抗美援朝战争中剩下的钢钎、炮锤。好钢钎就是不一样,大大加快了工程进度。

钢钎、炮锤运来后,就把好钢钎截成几截,焊在不好使的钢钎头上。同时,修旧利废一物多用。用废炸药箱做水桶、灰斗、车厢。杠子折了当镐把,再不行当锤把。

没有资金,自己挣。

县长李贵深入任村、姚村公社调查,回来后向县委呈送了《向太行山展开夺钱大战》的报告,提出了以发展粮食为主,多种经营一齐抓的建议。

李贵的这个报告影响深远,它使林县在那个特殊的年代保留下一批社队企业和经营活动。

特别是县里发挥林县是工匠之乡的优势，抽调包括正副科级干部在内的人员30余名，成立劳力管理组和驻外办事处，组织工程队，到全国一些城市承揽工程，为建渠筹措资金，这也为后来10万大军出太行埋下伏笔。

没有粮食，吃糠咽菜也要干。

最困难的时候，修渠大军每人每天只有300克粗粮。但大家豪迈地说：

米谷菜、萝卜缨、车前子、灰灰菜、马齿菜、桑叶、柳叶、红薯叶照样可以转化成大干快上的热能！

从开工那天起，林县人眼中、心中便只有那条碧波荡漾的大渠。为了这条百姓渠，他们什么苦都能吃。

当时工地上，吃饭的地方和施工的地方不在一块儿，有的吃饭的地方，离工地的地方有两三公里甚至到五六公里路。

民工们一天劳动下来，早上就是一碗野菜汤、一个菜窝头，中午是一个菜窝头、一碗野菜汤。

有一个青年每次吃饭的时候，总是先喝一碗汤，把这一个窝头揣到怀里。

队长问他："为什么不吃窝头，每天都要揣到怀里。"

他说："我就是想等我走到工地上准备干活的时候，我再吃。这样就不至于我还没干活就饿了。"

到了晚上，他们说，吃的饭叫"天池捞月亮"。

什么叫天池捞月亮，因为稀饭太稀了，就像清水一样。这个月亮是在碗里面泡着，捞来捞去，碗里面什么也没有，就有个月亮。所以叫天池捞月亮。

在家里的老人跟孩子，也心疼这些为他们修渠的民工们。

当时，因为都是在公社食堂吃饭，他们就想了一个办法，一个星期当中，他们要有两顿、四顿，甚至有到六顿不吃干的，光喝稀的，把省下来的干粮送到渠上，让民工们吃。

修大渠的时候，家里的老人跟孩子吃的是什么，是捧在手里面捏不到一块儿的散糠，能够捏到一块儿的糠就都送到红旗渠上让民工们吃。

任羊成飞身排除险石

1965年的一天，新华社记者穆青来林县采访，当他见到任羊成，撩起他的衣服，看见任羊成腰间由大绳勒出的一圈圈紫红色肉茧，不禁流着眼泪说："你是党的好儿子，人民不能忘记你。"

任羊成身高不足1.6米，体重只有46.5公斤。别看他个矮，他的逼人豪气，令多少人为之动容！

任羊成原来在渠首工地是个能干的炮手。但是，他在梨树崖放了一阵炮之后，发现了一个关系民工生命安全的大问题。

梨树崖的崖壁上，震开了一道道黑洞洞的山缝。许多摇摇欲坠的石头，还悬在崖顶上，仿佛一阵风就能把它刮下来。

放炮3天后，山缝还在嘎嘎响。民工们急得直跺脚，却无法到山崖下面施工。

心如火燎的任羊成，远望山崖，暗暗思忖：渠线上还有几百个高山大崭，摆下阵势，要跟咱斗。要是闯不过小小的梨树崖，还算啥战天斗地的英雄汉！

这天清早，他从仓库里找到一盘粗麻绳，对炮手刘虎成说："走，我下崭，你看绳，咱去除掉那些活石头。"

刘虎成说："你的命在我手里呀！要是我一失手，你就没命啦！你不怕呀！"

任羊成说："看看咱那解放军，到打仗时候，人家披着血布衫，硬要往前冲。他们为啥不怕呀？修渠下崭也是打仗，怕死就不能成功。"

刘虎成说："走，我给你看绳。"任羊成又嘱咐他："可不能叫领导知道，知道了会不依咱。"

在南谷洞水库的时候，任羊成曾两次下崭，教他下崭的是石板岩公社下崭采药的能手王天生。

最初，任羊成放炮，王天生除险，因为险石太多，除险工作老是落在后头。任羊成着急了，便央求王天生教他下崭。看任羊成恳切，王天生便爽快地答应了。

头一次下崭，是王天生一脚把任羊成蹬下去的。因为他发现任羊成有些害怕，便帮他下了决心。

谁知任羊成一下去，就缩成一团，在崖上碰来碰去。下到崖底的时候，他出了一身冷汗。任羊成明白是自己胆怯了，这让他感到很羞耻。

任羊成又大步噔噔奔上崖头，对王天生说："刚才的不算，我再下一绳。"

这次不用王天生脚蹬，任羊成就毅然跳下去了，并且伸出双手，在半空中悠荡起来。

但是，任羊成只下崭两次，就到红旗渠工地来了。

眼下，在这个险石累累的梨树崖上，尽管任羊成明白，他的下崭技术还不能适应除险的需要，但他决心闯闯这个难关。他在崖头楔上了3根钢钎，把绳盘套上，另一头套在腰上，就摸着一把铁镐下崭了。

谁知刚下了 60 多米，就有人在崖下喊叫："那个不要命的，给我下来，下来！"

站在崖下的，是红旗渠总指挥部的两个副总指挥，王才书和尹丁山。他们没有看清原来是那个"小个子炮手"。

尹丁山责备他："谁叫你上去的？"

"俺自己。"任羊成响亮地答道。

尹丁山口气缓和了："为啥不向指挥部报告？"

"怕您不批准呀。"

"你不知道害怕？"

"光害怕，怎能修好红旗渠！"

尹丁山叫了一声："好！"

小个子炮手更加引起了王才书的喜爱。他说："批准你下崭除险，可是要注意安全。"

王才书想了想，又说："咱们成立个除险队，你说好不好？"

"好！好！"任羊成笑了。

从此，任羊成天天系绳下崭，腾空除险，渐渐变成下崭除险的能手。他同老铁匠一起，特制了抓钩、掏钩等十多种除险工具，独自担负了 5 个公社的除险任务。

不久，除险队也成立了。这是红旗渠工地上特有的一个兵种。队长就是任羊成。

6 月里，任羊成在红英崖除险的时候，副总指挥王才书给他打来了一个电话:"羊成呵,鸻鹉崖工地出事了。"

任羊成心里一惊,忙问:"出了啥事?"

王才书说:"悬崖上的石头掉下来,砸死了咱的好弟兄好姐妹。"

任羊成一听,眼泪就顺着话筒淌下来,他哭着说:"怨我……怨我没有及时赶到……"

王才书说:"不要哭,渠线几十公里长,你一个巴掌捂不严。"

第二天,任羊成和他的除险队,来到了鸻鹉崖工地。

鸻鹉崖上被老炮震裂的石块,还在不住地往漳河里滚落。

任羊成登高查看了崖上的险石,向除险队员们说道:"咱们12个人都是苦出身,跟董存瑞、黄继光是一个阶级。他们两个为了让部队冲上去打败敌人,一个手举炸药包,炸烂了敌人的碉堡;一个硬是用肉身子堵住了敌人的枪眼。眼下,崖上的石头哗哗掉,大家冲不上去,咱们要当董存瑞和黄继光,不怕牺牲,给大家开路。可也不能只凭一股子热劲,在山上乱闯,等到渠修成,咱们12个兄弟,一个不许少。"

12个除险勇士,出现在鸻鹉崖上,6人看绳,6人下崭,像苍鹰飞荡在险石丛中,不多天,便把悬崖上的险石除干净了。

但是,鸻鹉崖并不是很容易征服的。在它的东端,有一处叫用鸻鹉棱的凹崖。上半截伸向漳河河心,下半截却凹了进去，立在漳河边上，远望，像一个挺胸凹肚的黑煞神。

为了除掉凹崖里的活石头，任羊成把自己高高荡起，从半空中向凹崖俯冲，可是每一次老绳又反弹回来，把他弹向半空。

经历了几个不眠之夜，任羊成决定向凹崖进行新的进攻。

他去仓库里找到两盘120米长的小绳，接起来，系在腰间，对伙伴们说："崖下站4个人，我下了崭，把腰里的小绳放下去，大家抓住小绳，把我荡进去。"

除险队员雷贵仓说："不行，那会把你荡零散了！"

任羊成说："就是伤着我，也不过一个人，掉下活石头，会伤多少人？"

这天上午，每逢任羊成高高荡起，就要落下的时候，4个队员就在崖下顺势拉绳，向凹崖里猛荡。

接近了，高崖壁只有几丈远了，任羊成在空中喊叫："再添两个人。"

于是，任羊成像打秋千一样，越起越高，越荡越猛，眼看就要攀住崖壁了。但是，向外突起的崖头，又把老绳撞了回去。

到了下午，任羊成说："再添两个人。"大家没有表示反对，因为他们知道，这是除险队长的命令。

任羊成下崭后，刚刚荡起，伙伴们就把小绳拉断了。这时候，老绳的反荡力，加上一股猛烈的山风，将他送向半空中。系在腰里的老绳拉直了，任羊成像一面风筝，被山风托住，好久没有落下来。

伙伴们明白，要是山风猛落，任羊成将会急冲下来，很可能同绝壁相撞。他们在崖下喊叫：

"毁啦！毁啦！"

"一会儿就没有羊成啦！"

山风把伙伴们的呼喊送上了空。任羊成用一句话来镇定大家的情绪，他高喊："喂，我饿了，送干粮来吧。"

大家听不清他说些什么，都在崖下跑动，准备搭救自己的队长。

而任羊成是喜悦的。他觉得风把他托得这样高，已使他占据了向凹崖进攻的有利位置。一旦风势下落，老绳荡回，他将如飞将军自天而降，向凹崖猛扑。

风势下落了，任羊成缓缓地下落了。崖下的人们都在庆幸，因为这避免了任羊成同绝壁相撞的危险。

而任羊成失望了，因为缓缓下落，缺乏力量，没有使他扑进凹崖。

谁知一波未平，一波又起。刚才在风中拉紧了的老绳，这时猛地松弛，使他剧烈地旋转起来。任羊成简直像一个捻线陀螺那样，在半空中打着转转。

人们明白，这是一个很凶险的讯号！过去遇到这种情形，不是老绳被绞断，下崭人跌死在万丈崖下，便是下崭的人被转得神志不清，碰在悬崖上，不死也得伤。

难道旧时代下崭人的悲惨结局，在等待着我们的除险队长吗？不，咱是修建红旗渠的英雄汉，咱是新时代的年轻人，在任何险恶的情况下，都能保持清醒的头脑和镇定的情绪。

任羊成急中生智，他立刻伸直两腿，摊开双臂，在空中平躺着身子，让空气的阻力使旋转速度下降而渐渐恢复原状。

天已黄昏，副总指挥王才书和除险队员一起，在崖下迎接这位勇猛而机智的战友。但是，任羊成心里是烦躁的，凹崖还没有被他征服。

第二天，任羊成又出现在半空中。他用猛烈的手势，指挥 8 名拉绳的伙伴，让他们猛拉快放。

最后，任羊成挟着急风迅雷，以流星般的速度冲向凹崖。前两天，他已在崖壁上发现了一个石坎。这次他靠近凹崖之前，就远远伸出抓钩，刚刚靠近，便牢牢钩住了石坎。

当老绳就要把他弹回半空的一刹那，他早已取出咬在嘴里的钢钎，深深插进石缝，而且用一个紧紧相连的动作，把腰钩挂在钢钎上了。

"进去啦！进去啦！"人们都在欢呼。

拉绳的伙伴们已经从凹崖下面撤出。凹崖上面的活石头也纷纷滚落入漳河之中。

除险队征服凹崖的英雄事迹，传遍了红旗渠工地，也传遍了附近的各个山村。

在那偏僻山村里，流传着关于任羊成的一些有趣的传说，有人说他得了一本"天书"，他攻读了"天书"，便有腾云驾雾、飞崖走壁的神通。这个神话把任羊成逗笑了。

但是，很快任羊成就笑不出来了。

那是在任羊成又一次扑进凹崖以后，他满怀胜利的喜悦，除尽了崖壁上段的险石。该除下段了，任羊成顺着老绳，准备向崖顶喊号，刚刚仰起脸，一块自崖顶落下的石头，"啪"地砸在了他的嘴上。

任羊成昏了一下，很快又清醒了。他想，你砸你的，我干我的。他又仰起脸要向崖顶喊号，但是，他觉得嘴是麻的，怎么也张不开，舌头也动不得，难以喊出声。用手一摸，原来是一排上牙被石头砸倒了，紧紧压在舌头上。

他从腰里抽出钢钎，插进嘴里，一别，把牙齿别了起来。他又想，你把它砸倒，我再把它扶正。谁知用手一扶，却掉下来三颗，仅仅剩下的一颗门牙，还缺了半边。

任羊成呸地吐了牙齿，也吐了一口鲜血，望着山说："你砸我的牙，我也不怕你，坚决跟你斗到底！"

他又仰起脸，发出战斗的讯号："呜——"老绳松下来了，他就势一蹬，向凹崖下段荡去。

吃晚饭的时候，任羊成唯恐领导看见他的嘴，不许他下崭除险，就端着一碗汤，躲到一边。

王才书问："羊成，为啥不在一块吃？"

任羊成偏过脸说:"凳子高,没有蹲这儿得劲。"

他喝汤,烧得慌,吃馍,顶得疼,吃了两口,索性不吃了。他撂下碗筷,连忙戴上口罩,又想下崭除险去了。

总指挥马有金问他:"羊成,你咋戴上口罩啦?"

他说:"风吹得牙疼。"

"在'天上'为啥不戴?"

"干活憋气。"

夜里,疼痛使他在梦中不自觉地呻吟。王才书问:"羊成,你哼啥哩?病啦?"

任羊成说:"你没听真,不是我哼哩。"

第二天,除险队员雷贵仓揭破了任羊成的秘密。马有金和王才书都被深深感动了。他们让任羊成休息,任羊成说:"我手能动,腿能动,休息啥哩?"

马有金说:"不要说别的,我禁止你上工。"他俩一走,任羊成又小声说:"贵仓,咱们走。"

马有金看着这样奋不顾身的民工,心中有种说不出的感情。

任羊成没心顾及自己那病痛难忍的牙,但马有金却没有忘记。马有金千方百计为任羊成介绍了一个牙科大夫,让他镶牙去。

马有金嘱咐他:"镶牙不用现钱,开条回来报销。"

而任羊成镶了牙,却回家卖了4.5公斤萝卜种,付了镶牙费。

一个月后,任羊成带着他的伙伴,来到了通天沟。通天沟上伸出一道青石崖,石崖两旁满是獠牙一般的红圪针。

一天下午,任羊成将老绳搭在青石崖上,下崭除险去了。当他脚蹬崖壁、用力荡起的时候,由于石崖太窄,老绳从崖上滑下来,他向旁边一闪,却闪下了柳条帽,盖住了脸,身子被抛进了圪针窝里。

猛烈的刺痛仿佛要将任羊成撕裂成无数碎片,那半寸长的红头圪针,更是已经扎遍了他的全身。

任羊成倒在圪针窝里,动弹不得了。即使是一个轻微的动作,都会引起全身的刺痛。

这时候,任羊成只有一个念头:渠还没修通,我不能倒在这里不起来。他举起抓钩,抓住山缝,大喝一声"起!"

他就从那数不清的圪针尖上一跃而起了。他重新把老绳拴到青石崖上,像一只矫健的雄鹰,冲向那重重叠叠的险石。

任羊成除尽险石,已是黄昏时分。他来到卢家拐村,对房东大娘说:"大娘,找个大号针,给俺挑挑身上的圪针。"

任羊成一脱布衫,大娘吓得打了一个愣怔,"呀!孩子,你咋扎成这样啦?"

大娘一边挑,一边叹气:"这么多圪针,叫俺咋挑?"

任羊成说:"那就光挑长的。"

不一会儿,大娘就挑了一手窝。任羊成说:"大娘,您歇歇,叫您儿子来。"

大娘的儿子叫坤成。任羊成脱下裤子,要他再挑挑下半身。坤成说:"呀!真吓人!去给领导说说。赶快请医生。"

任羊成说:"就是为了不叫领导知道,才叫你挑哩,这可不能说。"

坤成说:"你这人,对领导恁不老实!"任羊成说:"我怕他们操心。"

冬天来了,狂风大雪扑打着严峻的太行山。指挥部为了保证民工的安全,发出通知说:天晴以前,暂停施工。

任羊成却和同伙伴们商量:"咱可不能停工,要是天晴了再去除险,几百个民工咋上工?"

风在吼,雪在飘,任羊成和雷贵仓、申其爱等勇敢的除险队员出发了。

他们在四眉崭上,生起一堆篝火。申其爱看绳,雷贵仓警戒,任羊成下崭了。

任羊成在风雪中飞荡着。他的肩头渐渐积起了几寸厚的雪,而领子上的雪融化了,结成了冰。从清早到晌午,任羊成除完了这座冰山雪崖上的全部险石。

三、建成引水总渠

- 水中的人手挽着手，臂扣着臂，组成了一道人墙。河水咆哮得更厉害了，人墙一次次被冲开。

- 9时多，山上一块巨石突然坍塌下来，从浑然不觉的民工中横扫出一条"血路"滚下山崖。

- 青年们腹背受敌。两天下来，十个指头磨肿，风钻每掘进1米，就要磨秃数个钻头。

渠首溢流坝成功合龙

红旗渠总指挥部要求，第一期工程的重中之重是渠首截流，修筑拦河坝，务必在汛期来临之前完成。

任村公社五百民工承担了这项任务。

自小在漳河岸边长大的他们，非常清楚，要在奔腾咆哮的漳河里修筑一条溢流坝，把漳河水拦腰斩断，使它乖乖地爬上右岸的太行山，然后顺着总干渠流入林县，摆在面前的困难是多么艰巨。

这一工程，是红旗渠建设的前哨战，在全局中至关重要。如果说，红旗渠是一条蜿蜒在太行山上的巨龙的话，渠首就是这条龙的龙头。

红旗渠能否如55万林县人民的心愿，在太行山上像一条真龙一样播云吐水，关键要看这龙头"舞"得如何。

如果不能在汛期前完成截流任务，一到汛期，滚滚山洪暴发，汹涌而下的漳河水会骤增至几千个过峰流量，截流根本没有指望，那可就耽误了全线工程建设。

退，是没有地方可退了，全线民工、全县人民都在注视着这五百太行儿女。

迂回的羊肠小道又窄又陡，运料非常艰难。盘山村的三位姑娘在工地上每天超额完成任务。肩膀被压得肿若发糕，脚上新的血泡压着旧的血泡，只是站着就钻心地疼。

但这些犟闺女们硬是不吭声不后退,你没事人似的照样跑得欢。一个月内布鞋穿破了4双,她们就在鞋底钉上很厚的自行车外胎胶底。垫肩磨破了6个,就用帆布片补上一层又一层。

带队的领导看到姑娘们如此拼命,感到十分心疼:"快停下来,快停下来,你们不要命了?!"

姑娘们扛着抬筐一路小跑,扔下句话:"为拿住老漳河,我们豁出去了。"

小伙子们看到姑娘们这样泼辣,也受到了感染,他们边干边吼起了自己现编的劳动号子:

　　漳河水好比一条龙哟!
　　咱们降住它为自己呦!
　　要不是共产党来领导哟!
　　红旗渠怎能来建成哟!
　　……

嘹亮的号子在山岩间、在河谷里飘来荡去。

就这样,一个多月的时光,就像漳河滩里的水流,在民工们的号子里淌过去了。

一级、二级截流完成,清一色的大石坝好似一把老虎钳,从漳河两岸伸向河心,它要把河水夹得细一点、细一点,再细一点,直至完全切断、截流。

漳河水在河滩里打滚时，看着并不很湍急。但当水龙王的脖子被大坝卡得只剩 10 米宽时，它便开始暴跳如雷、发怒咆哮起来。

一筐筐石砟倾向河里，但还没沉到河底就被冲走了。

小的不行，来大的。民工们把几百公斤重的大石块抛向河心。然而，水深流急，大石也站不住脚，骨碌碌打几个旋涡就没了踪影。

后来人们改用草包、麻袋装砂土，成百成百地一齐投向河中，结果，大量的草包、麻袋依然顺水而去。

工地党委召开了干部、技术人员和民工代表参加的攻关会。有人提出，在河两岸栽上木桩，木桩间扯起数道铁丝绳索，然后喊着号令，同时把一筐筐石砟、一块块巨石，一齐推进水里。一试，还是不管用。

整个工地一下子静了下来，气氛非常压抑。

古城村民工连长董桃周坐不住了，搬起一块大石头，"扑通"一下丢进汹涌的河水里，坚定地说："在共产党员面前，没有克服不了的困难，我们都有两只手，漳河水再凶，也能制服它！"

一伙女共青团员声音清脆地接上了他的话茬："困难是死的，人是活的。只要肯动脑筋，还怕擒不下龙王爷！"

这时，总指挥部办公室副主任段统波和任村公社党委副书记刘乃杰赶来了，他们带来了用人墙挡水截流的方案。但他们心中顾虑重重：天寒地冻，漳河峡谷更是冰雪未消,河水浸入骨缝,下水的人挺得住吗?会不会被激流冲走?

董桃周看出了干部们的心思,不待言声,三把两下脱掉了身上的衣服,只穿着一条裤衩便扑向了打着旋儿下泻的冰水中。

这行动是无声的召唤。"扑通"、"扑通",1个、2个、3个、10个、20个、40个太行汉子游向了董桃周。浑浊的河水一下淹到了胸口以上,急流把人冲得东倒西歪。

水中的人手挽着手,臂扣着臂,组成了一道人墙。河水咆哮得更厉害了,人墙一次次被冲开,甚至把人卷到旋涡里。但眨眼间,被打散了的人又游了回来,人墙在横流中依然屹立不倒。

紧接着第二道人墙架起来了、第三道人墙架起来了。一连几道人墙,堵得漳河水打起了旋,狂暴的龙王爷在铜墙铁壁的修渠民工面前第一次低下了头。

岸上的人们噙着一眶热泪赶快行动起来。一根根木桩打下去了,一袋袋砂土传过来了,水口在缩小,沙袋在增高。

指挥部紧急送来了烧酒。水中的英雄们不时地吞上几口,增加身上的热力,驱赶刺骨的寒冷。忽然,董桃周开口唱起来了:

团结就是力量,团结就是力量,这力量是

铁，这力量是钢……

紧跟着，三道人墙像是参加合唱演出似的，大家齐声唱了起来。到最后，工地上的人们都加入了这不同寻常的歌唱中。

三个小时的战斗过去了，奔流的河水被拦住了，渠首溢流坝合龙了。

1960年5月1日，拦河大坝及渠首枢纽工程胜利竣工，漳河水终于按照林县人的意志，被牵上了太行山。

突击队会战鸻鹉崖

在红旗渠总干渠经过的山西境内，有一座大山叫做牛岭山。牛岭山中有一座长方形的山头，向北伸向漳河，朝河的一面是 90 度的绝壁，有几百米高，经常雾气腾腾，白云缭绕。

据当地老百姓讲，这里除了鸻鹉鸟以外，别的什么鸟也不敢飞上去，因此，群众称这个地方是鸻鹉崖。

鸻鹉崖又是红旗渠必须通过的一段天险，征服鸻鹉崖之战，也是红旗渠建设中最悲壮的一次大会战。

1960 年 5 月 10 日，城关公社东街村民工张文德、杨黑丑、苏福财 3 人正在鸻鹉崖工地打老炮眼。打到 4 米深时，他们点响了老炮眼中的小炮眼。

为了赶工程进度，他们顾不上等硝烟散尽，就急忙下去施工。这时洞内极度缺氧，第一个人下去，身体一软，头一耷拉，倒下就不会说话了，任上边的人怎么喊也不应声。

第二个人见此情景，急忙放绳下去救人，刚一进洞，又是头一耷拉，晕倒在洞中。

三人是一个村的，互相邀约着来修渠，工地上亲如手足。眼见两个人下去不见动静，第三个人哪想到自己死活，赶忙也下了洞。

结果三个生龙活虎的青年小伙子，转眼间，便把自己的青春和生命交给了连绵的群山！

6月7日，城关公社逆河头大队28岁的青年民工余长增，在往老炮内装药时，嫌用手捧速度太慢，就用铁锨去装。不幸铁锨与石头磕碰出火星，引燃了火药，"轰"的一声，余长增被巨大的火团吞没了。

人们把他抢救出来迅速送往医院，但终因烧伤太重，余长增满怀对红旗渠的眷眷深情，走完了短短的人生。

6月12日，在谷堆寺山下的城关公社槐树池大队工地，民工们正在紧张地施工。

民工连长高兴地向大家宣布：

经请示分指挥部同意，今天大干一天，明天我们全连下工回家收小麦。

听说明天要放假回家收麦，大家情绪高涨，有的说："可该尝尝新麦的滋味儿了。"

有的说："咱们加劲干，把回家耽误的修渠任务再抢出来一点。"

谁也没有料到，狰狞的死神已经一步一步向他们逼近了。

9时多，山上一块巨石突然坍塌下来，从浑然不觉的民工中横扫出一条"血路"滚下山崖。当场砸死10名民工，另有三名重伤致残。

在场干活的民工们惊呆了，一时不知所措。河顺公社民工闻讯跑来救人。

城关公社社长、分指挥部指挥史炳福从其他连工地匆匆赶来，看到现场惨状，难过得痛哭流涕，不住地用手拍打着自己的脑袋说："我可怎么向乡亲们交代呀！"

副总指挥王才书是哆嗦着放下电话机，噙着满眼泪水跑步朝现场赶的。他手抓着两岸扯起的一条运料大缆绳，趟着齐胸口深的漳河激流泅到了南岸。

杨贵接到城关公社打来的电话，得知几名民工壮烈牺牲，其中有一位女青年是结婚没几天就报名上了修渠工地，这个从不低头不流泪的硬汉子，手里还握着电话筒就已是潸然泪下了。

史炳福从电话里听到，整个县委大院也是哭声一片。

除险能手任羊成被从别的工地调来了。当他赶到事故现场，尸体已经运走，现场也封了起来。但是任羊成一走近那块地方，就感到特别难过。

要复工必须清理事故现场，鸡蛋粗的大绳在腰间捆个"十"字。任羊成第一次下崭，两腿间夹个桶，里边装满黄沙，每滑半米，就捧一捧沙子，搓那崖上的血肉印渍。

让我们记录下这些殉难者的名字吧！他们是：李保山、王书英（女）、方海（女）、王银秀（女）、董合、李保栓、董合吉、秦天保、李黑、李天存……

连续的伤亡事故，出在同一处工段，城关公社分指挥部从干部到民工，情绪十分消沉。"放炮惹恼了鸲鹆精"的迷信说法不胫而走，死人的山坳里顿时阴森恐怖起来。民工们不敢起五更到工地，也不敢天黑后收工。

心中越害怕，就越容易心惊出事。一次，几个民工大白天好像猛然听到山崖石缝"嘎嘎"作响，急忙跑开。

为了总结经验，稳定民工的情绪，减少伤亡事故，总指挥部采取果断措施：这一险工地段暂停施工，集中力量突击其他工程，从中摸索经验，策划对鸲鹆崖下一步展开攻击。

初上鸲鹆崖暂时受挫，修渠大军感到十分憋气，各工地不断派人到总指挥部请缨出征。

总指挥部专门召开了会议，分析了鸲鹆崖的险情，决定组织各公社的精兵强将，来一次大会战。六七天内，就收到了来自全线集体和个人的申请书1万多份，报名要求参战的达1.5万余人。

根据工程需要，总指挥部批准由5000名健儿编成15个突击队，直扑鸲鹆崖而来。

在这支队伍中，有号称"飞虎神鹰"的任羊成抢险队，有城关公社的"开山能手"队，有东岗公社的"扒山虎"队，有合涧公社的"常胜军"队，还有采桑公社的"半边天"铁姑娘突击队。

鸲鹆崖的东边是阎王沟，西边是谷堆寺，中间有一个小山神庙。庙门上原有一副对联：庙小神通大，威镇山岗尊。

突击队员们来了，用白灰把旧对联刷掉，换上了这样一副：

人民力量大，逼水上高山

他们决心在这里打一场气势磅礴的大会战。

县委派南谷洞水库工程指挥长马有金来到工地协助指挥。作战前夕，马有金和王才书两个坐在一块巨石上，认真研究作战方案。

马有金说："在劳力安排上，虽人多势众，但还要有条有理，不能乱套。以营为单位，分成爆破、除险、运输、垒砌4个梯队，做到忙而有序。"

王才书说："要搞好安全，每个工段每个人都要有一套防险、除险的安全措施，这样鸻鹉崖再高再险，也能战胜它！"

会战中的鸻鹉崖前，人如潮涌，施工紧张。突击队员们遇到石崖就筑石窟，见到土缝就凿土洞，山沟里还搭起了席棚。

于是，林县又多了三个地图上未曾标注的新"村庄"。至今，牛岭山下红旗渠经过的山脚，还残留着许多小窑洞，那就是当年五千健儿栖身的地方。

到了夏天更难，因为夏天，他们首先要解决蚊虫的叮咬问题。

在当地有一种特别罕见的蚊子，蚊子身长一指半，嘴长二三厘米，叮在羊的身上，羊都疼得厉害，何况是人呢。

往往夏天会下雨，小下还可以，大家就找一些盆、桶从窝棚里面接着点，但是一下暴雨就不行了。外面大下，里边小下，下到半夜，有的人没办法，只好把铺盖卷卷起来抱在自己的怀里，把头放在铺盖这儿打盹。

一天，睡到半夜的时候，突然下起了暴雨，干了一天活累啊，刚开始他们不觉得，突然有个小伙子就说："不得了，我怎么到水里了？"他这一喊，大家点灯一看，所有的铺盖卷都泡在了水里。

第二天，工人们上工了，漫山遍野都晒着被子。杨贵从外地开会回来以后，到工地上发现所有的民工下面垫的铺盖底下没有席子，他撩起来一看："哎，怎么没席呀？不是通知了吗，到指挥部去领啊？"

因县供销社储备的席子也没有了，林县所有的干部群众，一共给大渠上捐了5000张席子。

在鸻鹉崖会战工地，干部与群众同吃、同住、同劳动、同学习、同商量。大家一起起五更，打黄昏，夜以继日奋战在第一线，抡锤打钎，装药放炮。哪里工程险恶，哪里就有干部坚守工地。

为此，他们在上工前都要把手表摘下来，半开玩笑半认真地对人说："身上没有啥值钱的，就这一块手表，留在家里吧，一旦'光荣'了，也是一笔遗产。"

有的把身上所带的饭票、粮票、钱掏出来，放在自己的枕头下，随时做好了回不来的准备。

任羊成率领 18 名勇士，每天下崭除险，为建筑大军开路。他们有时像壁虎一样伏在悬崖上，有时像雄鹰一样在蓝天里飞来荡去，用抓钩和钢撬把悬崖上的险石、将活石一个个撬下来。

经过 50 多天的大会战，一条雄伟的大渠通过了鸰鹉崖半山腰。

● 建成引水总渠

精兵强将开凿青年洞

青年洞位于林县任村镇卢家拐村西。进口的左后面是一道深沟,崖壁陡峭,西面有形如刀削的"小鬼脸",中间是看起来快要倒下的"锅腰崖",东面是巨石累累的狼牙山。

这里属石英岩地层,石质坚硬,几锤下去,连个白点也没留下。总干渠动工后,横水公社民工曾计划在这里绕山开明渠。县委和指挥部领导、技术人员通过现场考察,认为开明渠线路长、费工费料,最后决定开凿隧洞,让红旗渠戳破"小鬼脸"穿山而过。

"小鬼脸"狰狞地拦住了大渠的去路。但横水公社300名青年突击队员却披荆斩棘,硬是昂首向它走去。他们就是要在"鬼脸"上戳出一个窟窿,让红旗渠一下子向前跃进616米。

有个青年突击队员叫郭福贵,是位退伍军人,担任第二突击队队长,主攻劈开二号旁洞。施工处是青年洞最险要的地方,在阳凤山半腰,往下看是几百米深的悬崖峭壁,往上看是巨石压顶,向外倾斜,随时都有掉下来的可能。

郭福贵带着两个青年炮手,腰系大绳,在悬崖上抡锤打钎放炮。他边干边幽默地鼓励伙伴们:"等大渠建成了，咱们在这里立上一块石碑，让后代知道他们的前辈都是英雄好汉。"

一天深夜，刚放过炮，洞内浓雾弥漫，郭福贵又是第一个钻进洞内除险，用铁锤打掉活石。就在这时，一块石头滚落下来，砸断了他的脚骨。郭福贵曾先后六次负伤，都被他瞒了过去。这一次由于伤势过于严重，郭福贵没能"蒙混过关"。

大家把郭福贵抬进了工地医院。可是第二天，当人们早晨起来的时候，山洞里传来了叮叮当当的声音，跑去一看，郭福贵把棉袄甩在地上，满头大汗地倚着石壁，干得正起劲。

在最困难的时候县委作出一个决定，从全线几万青年民工中挑出300个精锐健儿留在工地，继续完成打通"小鬼脸"的艰巨任务，并且一致通过了把这个隧道工程正式命名为"青年洞"的决议。

杨贵后来在一篇回忆录里提到这一段情况时说：

> 看来，当时作出那个决定是对的。我们要组织群众度荒，想办法把老天爷强加在我们头上的灾荒顶回去。修渠的战线暂时收缩也是必要的。但不能停工，即使留着一个人也好。要把全县人民的心留在渠上。

寒冬腊月，太行山草黄木枯，风吹雪打，一片肃杀悲凉的景色。300个闯山青年，上了"小鬼脸"。

鲜艳的红旗，飘扬在太行山巅，像一簇吹不灭刮不跑的圣洁的火焰，在燃烧着，在雀跃着，在向铁青色的大山发出了挑战。

凿洞工程继续推进、推进。前边是险峻的峭壁，后边是冷酷的冰冻三尺的悬崖，洞中是一色的火炼石，一锤砸个印印，一炮炸个"鸡窝窝"。青年们腹背受敌。两天下来，十个指头磨肿，风钻每掘进1米，就要磨秃数个钻头，一天的进度不过30厘米。

然而，青年们谁也没有后退一步。他们说："咱们就比试比试，看你太行山的石头硬，还是共青团员的热血烫！"

采桑公社青年秦来吉在战地专栏上发表了这样灼人的诗句：

寒流滚滚铸斗志，狂风飞雪无阻挡。大山肚里春潮涌，喜迎太行山花放。

苦不苦，想想长征二万五；累不累，想想革命老前辈。

撼山易，撼建渠民工斗志难！

隧洞在一天天推进。青年的身上有使不完的力气。

钻尖用完了，他们大搞工具革新，自己选出的钻尖专吃火炼石，工效提高了好几倍。尝到了智慧的甜头，他们又发明了"三角炮""瓦缸窑炮""连环炮""立切炮""抬炮"等爆破凿洞新技术,使每个工作面日进度由0.3米提高到1米、1.4米、2.8米。

风钻机只有借来的一部,那么,就用人工打钎。抡背锤,舞圆锤,站着打,跪着敲,手震得麻木了,胳臂累酸了,没问题,照样干。

过春节了,撵谁,谁都不愿下山,只好让总指挥部把慰问品送上工地。

当千家万户的鞭炮声噼噼啪啪炸响的时候,这些铁血男儿却在山上用双手创造的"炸药打炮眼"的轰轰隆隆的交响曲,陪伴着太行山欢度自己的"红旗春节"呢。

林县人民没有忘记自己的勇士。桑耳庄老支书,用毛驴驮着红萝卜来看望他们。他对青年们说:"我们虽说回村了。但心还留在渠上,惦着你们哩!"

临走时,老支书说家里都安排好了,就是缺点水,还有些地没浇上。

"缺水",这就像是一道无声的命令。青年们干得更起劲了。

县委书记杨贵知道他们整天和石头打交道,特别费鞋,派人送来了鞋。东洞口分到6双,人多鞋少,分给谁呢?

"给咱连长弄上一双,他成天跑路,比咱费。"

"不,俺有媳妇,做鞋不费难,给那些单身汉吧!"

推来推去,挨个转了一圈,还有一双鞋分不下去,末了大家只好决定,把鞋给了桑济周。

桑济周捧着鞋激动地说："鞋，我穿可以，但最艰苦的任务也得交给我。"啥是最艰巨的任务？除险！

洞里有条"偷天缝"，一个劲往下掉"子母石"，大伙儿管它叫"鬼门关"。这"鬼门关"使出砟受影响，人还不安全。桑济周、郑国现和李世民，扛来木料，搭起个保险架，冒着风险把险除掉了。

当他们送去迎来 500 多次太阳的时候，当他们从太行山的肚子里掏出来 1.54 万立方米石头的时候，青年们来不及认真地欣赏一番自己的杰作，便悄无声息地扛起铁锤，迎着朝阳，转战下一个工地了。

当年一锤一钎凿出青年洞的 300 名青年突击队员们，怎么也不会想到，在他们手中诞生的这个洞洞，日后会是那么显赫、那么荣耀。

常根虎爬上绝壁凿炮眼

参加修建红旗渠的姚村公社的民工们，尽管热情高、干劲足，但是由于爆破技术不熟练，啃这样的石头山还有一定的困难，因而工程进度十分缓慢。

民工们望着一个个拦着渠道去路的崖头石壁，多么想有一位掌握各种爆破技术的炮手啊！

正当大家日念夜盼的时候，炮手常根虎从南谷洞水库工地赶来了。

早在1958年，常根虎就参加了南谷洞水库建设，他在那紧张施工的日子里，学会了打眼放炮、崩山取石的一套硬功夫。

当红旗渠动工修建的消息传到南谷洞以后，常根虎急切盼着早日投入"引漳入林"的战斗。

南谷洞水库工程一结束，他就来到红旗渠工地，民工们一见常根虎的面就说："这里山高石头硬，正等着你显本领哩！"

"嗨，"常根虎把行李往地上一扔，很风趣地说，"我在南谷洞水库这两年，算是把石头的脾气摸清了。石头就是欺软怕硬，你软它就硬，你一硬他就软啦。石硬人更硬，崩山有何难？只要咱们决心硬，再硬的石头也能把它炸飞。"

常根虎就凭着那股把石头炸飞的硬劲，投入了在太行山腰里炸渠路的战斗。

傍晚，常根虎第一次炸石的炮声响了。"咚！咚！咚！"随着三声巨响，山腰里升起了三股硝烟，石块向山脚下飞起。

一些民工走出隐蔽地带，看看炸开的渠路，瞅瞅崩跑的石块，都啧啧称赞起来。

"常根虎真是名不虚传呐，这炮放得多过瘾。"

"三炮崩出 5 米渠路，这下工程进度可要加快啦！"

初到红旗渠工地的常根虎，头一次放炮得到民工们的称赞，真是打心眼里高兴。

可是好景不长，正当他为第一个回合的胜利而洋洋得意的时候，在渠道检查爆破效果的姚村公社副社长、姚村民工营指挥长郭百锁来到了跟前。

他用既是鼓励又是批评的语气对常根虎说："你三炮炸出 5 米渠道，这是很大的成绩，可是你也把渠底炸坏了 4 米！"

常根虎低头一看，可不是吗；顿时，他的脸晴转多云了，心里一百个不服气：我还是按过去放炮方法干的呀，难道南谷洞水库的经验不灵了吗？

郭百锁看透了他的心情，就以温和的语气鼓励他说："根虎呀，胜败是兵家常事。你刚来这里，还没有摸到炸渠的规律，头一次失败是难免的，问题是以什么态度对待它。这次失败了，咱就总结一下失败的教训。"

晚上，总结会在指挥部小小的办公室里开始了，会议由郭百锁主持。常根虎先谈了一下在南谷洞水库放炮炸石的情况和这次开渠的经过，大家沉默了一会儿，就开始议论起来：

"南谷洞与咱这里都是放炮炸石头，但是那是崩山取石，这是炸石开渠，南谷洞的经验不能照搬。"

"炸石料和开渠道是两码事，那是炸石越多越好，这是要把渠道炸好。"

"爆破的关键是打炮眼。渠道要求起石八分米，你就打八分米的炮眼。炸药往下一坐，就把渠底崩坏了。"

常根虎听着听着，眼睛明亮了。他一拍桌子，说："嗨，放炮还有这么大的学问哩，看来光凭老经验硬干不行，还得动脑筋，想窍门啊。"

总结会使常根虎的思想认识水平大大提高了一步。

时间在流逝，工程在前进，总干渠延伸到谷堆寺北边的一个山头。渠道要绕过这个山头，必须经过一个由一整块岩石构成的山嘴。

山嘴下边是滚滚流动的漳河水，要在山嘴上开出渠路，是一项非常艰巨的工作。为了顺利完成这次爆破任务，郭百锁和常根虎来到山脚下。

他们向上望了望突出到漳河上空的山嘴，爬上去观察了这个由岩石构成的山头，又看了看设计人员插下的渠路标志。

郭百锁首先开了腔："现在渠道要绕过山头，通过山嘴，你看渠路怎么开法？"

常根虎听到老郭的问话，深思了片刻说："要按往常，这个山嘴一个老炮就崩掉了。可是，山嘴崩掉，渠道还是没处走。我想既要在山嘴上炸出渠路，又要不让整个山嘴塌陷下来。你看咋样？"

"好，你的想法很好！"郭百锁连声赞扬，但又追问炮眼怎么打法。

"为了保证外边不塌，在山嘴和老山连接的地方，向横深处打洞，打到山嘴肚里，再向老山一面拐个药洞，放个拐弯炮，让炸药的劲头往老山一面使。这样有50公斤炸药，就可以把上盖炸开。"

郭百锁听了常根虎的话，打心眼里高兴。他回到指挥部，就召开了干部和炮手会议，讨论通过了常根虎提出的爆破计划。

经过七八天的奋战，一个拐弯炮洞打成了。常根虎钻进洞去，小心地装进了50公斤炸药，细心地放好雷管和导火线，用黄土封好了洞口。

随着一声巨响，山嘴后部的盖子揭开了，略加清理，就成了理想的渠道。

失败是成功之母。常根虎从失败和成功的对比中，逐步掌握了符合工程要求的爆破方法。那就是：把开凿渠道宽窄深浅的要求和山头形状、石头性质等具体情况结合起来，逐步确定了打什么眼、放什么炮，按人们的设想开出渠路。

常根虎摸到炸出渠道的经验，爆破的劲头更大了。他整炮眼、装炸药，随着阵阵的炮声，渠道迅速地向前伸展。

总干渠修建到白家庄北边，被300米宽的大西河挡住了去路。红旗渠要穿河而过，就需要修建巨大的渡槽工程。

经过技术人员的精心设计，决定修建一座长达155米的空心坝，让渠水不犯河水地穿河而过。

155米的大石坝，加上铺底、镶帮、修消力池等附设工程，要用数万立方米的石料。民工们把近处的山沟、河滩里的大石头用光了，才仅仅凑集了几百立方米。

太行山是石头的世界，近处的两座石山，就有取之不竭、用之不尽的石头。不过，那山峰高石头险，悬崖峭壁难攀登啊。

就在人们望山兴叹的时候，爆破英雄常根虎挺身而出。他找到寨底大队民工连长杨广顺说："广顺，人是活的，石头是死的，活人能叫石头难住？南边扁山上放个老炮，石料不就解决了。走，上去看看。"

"山这么陡，咋能上去！"杨广顺有点犹豫。

"怕啥，人到山前自有路。崭高崖陡石头险，插翅也要飞上去。守着石山没石料，这还算啥炮手。"常根虎果断地说。

当天下午，他们又约了几个人，一齐上了山。他们攀着石头，爬呀爬呀，个个累得满头大汗，终于爬上了崭顶。

到上边一看，他们不禁大失所望，那里的石头质量不好，不适合筑坝的要求。但是在他们面前，却耸立着一堵大石壁，直溜溜地指向晴空。

从下边看来，石头质量不错，但是上边咋样呢？是不是可以爆破呢？只有到上边去，才能看个究竟。

他们面对石壁凝视了很久，谁也没有吭声。

"我上去！"常根虎这句话声音洪亮，在山谷里响起了回声。

"有危险哪！"大家异口同声地劝阻。

常根虎抬头看看那险恶的石壁，心里确实有点害怕。但是，他一想起白白流去的漳河水，想起林县人民在受着酷旱的威胁，想到自己家乡连吃水都困难的情景，他的勇气上来了。

常根虎不顾冬天的寒冷，脱下棉袄，扯掉鞋袜，光着脚走到石壁面前。

他脚趾蹬着石缝，双手抠着岩石，艰难地一点点地向上爬去。停留在壁底的伙伴，看到他这飞崖走壁的险景，不禁为他捏了一把冷汗。

常根虎爬到 50 来米高的时候，汗水从他仅穿的单布衫上浸润出来，他已经累得筋疲力尽了。

半个小时过去了，常根虎凭着他那征服天险的勇气和智慧，终于爬到了 100 多米高的直立石壁上。

他回头一望，伙伴们还在伸着双手，防备着万一。

"怎么样？"战友们看着常根虎神情自若的样子高声

问道。

"很好，后边有道裂缝，正好在那里打眼放炮。"常根虎在壁顶信步一周，兴致勃勃地回答。

就在情况查明的第二天，常根虎带着几个伙伴，一齐上山了。他们在山间裂缝里，抡锤打钎，钻眼凿洞，终日奋战在山风呼啸、雪花纷飞的山腰里。

他们的脸被风刮得裂了血口，手被石磨得像树皮，身上的棉衣开了花。他们一个劲儿地干下去。一个纵深 8 米、横拐 5 米、药洞 2 米的老炮洞，终于打成了。

这一炮共装炸药 750 公斤，细煤面 500 公斤。一炮点响，山崩石裂，流石滚滚，劈下了扁山的半拉山峰。

常根虎从攀登石壁，一炮崩塌扁山的事实中，体会到只有机智勇敢才能取胜的道理。

在以后炮崩大山的战斗中，他越发显得有胆有智了。

扁山的对面是北崭。北崭，当地群众叫另山，是悬在崖头上的一块大孤石，比南崭更加险要。

为了彻底解决筑坝的石料问题，常根虎独自一人带着干粮上了山。他绕过丛丛悬崖恶崭，翻过道道峡谷深沟，穿过密密的荒草野林，爬到了另山顶上。

他发现这个山头上大下小，只有一小部分和后边老山接连，下边还有一个岩洞，在那里打眼放炮，一炮就会把山崩下来。

常根虎回到营部，把全部发现告诉了指挥长郭百锁。

经过批准以后，常根虎领着战友，带着绳索、铁锤、钢钎、抓钩，爬到了另山顶。

常根虎把老绳往自己腰里一系，把铁锤、钢钎往腰里一别，一手抓着伙伴拉紧的"溜绳"，一手抓住"除险钩"，就顺着悬崖下了岩洞。

胆大艺高，无所畏惧。常根虎双手紧握手中绳子，机智地用"保险钩"，对准山腰突出的岩石，猛力一推，身子向半空荡去。当身子荡过接近洞口时，又双脚一蹬，身子荡向更远的地方，第二次荡回时，他双腿一伸，"除险钩"抓住洞口的岩石，轻巧地钻进洞里。

岩洞约有8米来深，正好可以做爆破的药洞。他当天就在这里戳帮清底，又掘进两米。

常根虎在岩洞里七进七出，打成了一个纵深10米的炮洞，用了400公斤炸药，崩下了1万多立方米料石。

常根虎在红旗渠工地上大显威名。"爬山虎"、"神炮手"等赞语，传遍了整个工地。

漳河水一路欢歌到林县

1965年4月5日，庆祝红旗渠总干渠通水典礼大会在红旗渠分水岭隆重举行。这天，是55万林县人共同的节日。

消息一传开，所有的林县人兴奋地如大喜临门。天微微亮，一股股人流从四面八方拥向总干渠分水岭。

七八十岁的老人坐着胶轮马车来了，姑娘们穿着过节的衣裳来了，中学生和青年们骑着自行车来了。

他们从县城、从公社、从林县每一个山庄窝铺赶来了。

离分水岭十多公里的姚村公社史家河村的郭福存祖孙三代，乘手推车也来了。儿子推车，奶奶抱着小孙孙，要来看看老漳河。

一二十个双目失明的盲人结伴摸索着到了红旗渠边。他们说："俺们眼睛看不见，但俺可以听听水声，摸摸红旗渠的水啊。"

这充满童话和诗意的幸福水，震撼着多少林县人的心！

公路上、山道上，车水马龙，人流滚滚。红旗渠总干渠分水闸两边的山坡上，人山人海，成了彩旗飘扬、鲜花争艳的海洋。

锣鼓声、鞭炮声、欢笑声、赞美声,汇成了一曲响遏行云的欢乐颂。

此刻,杨贵衣帽洁净的站在会场的主席台上,看着温和的春风将凯旋门两边的标语吹得呼啦啦翻卷,脑子里却在紧张地谛听着红旗渠水奔流的脚步声。

漳河水正一路欢歌来到林县:水流经渠首导流隧洞到了林英渡槽。

就是在这个工地,合涧郭家园村的民工连长高志山和烧石灰匠宋改林,创造了明窑烧石灰一窑烧出 15 万公斤的纪录。

水到了王家庄安全洞。

开凿这个洞时,为了确保山西王家庄的安全,姚村公社民工遇到石层,只放小炮,不放大炮,渠道内全部用石英石料衬砌,水泥勾缝、灌浆、打底,使渠道坚硬得像两道地下铁管,终于让红旗渠从村庄下面安全穿行了 243 米的距离,实现了村底修大渠的设想。

水到了石子山。

"石子山,鬼门关,腰系白云峰触天。大风呼呼绕山转,飞沙走石往下翻。猴子不敢上,禽鸟也难沾⋯⋯"但东岗公社民工打成一个能装 2125 公斤炸药、260 个雷管的大炮眼,一声巨响,石子山开膛破肚,照样倒进了漳河滩。

水到了红石崭。

别看红石崭外号叫老虎嘴,但修渠民工硬是敢虎嘴拔牙。12个炮眼组成的连环炮开了花，老虎牙一个不剩地崩上了天。

水到了皇后沟渡槽。

就是在这个长达80米的大山谷中，农民技术员路银第一次承担起大型水利设施的技术指挥工作，给中国农民争了气、露了脸。

水到了白家庄空心坝。

红旗渠在这里要越过一条大西河。渠水如何不犯河水？工程技术人员和民工们开动脑筋，设计了空心坝，将渠道建在河底，河水从坝顶漫过，创造了一大独特的景观。

也就是在这里，神炮手常根虎创下了一炮崩下石方1100多立方米的纪录。

水到了……

会场内，两万多林县父老乡亲，在谛听着红旗渠水奔流的脚步声。会场外，50多万林县人屏住了呼吸，侧耳谛听着红旗渠水奔流的脚步声。

下午2时30分，杨贵宣布："开闸放水！"

800公斤的闸门吱吱扭扭地被迫不及待地大手欢快地绞动起来。刹那间，地动山摇，一匹白练似的从红旗渠总干渠奔涌而出，卷起雪白的浪花。

人们看着这滚滚而来的漳河水，欢欣雀跃，热泪长流。可以说泪水和渠水交织在了一起。老人们不敢相信眼前看到的现实，但是他们又真真切切地看到了这一渠的水呀!

有人把手伸到了渠水当中,有人把脸贴在渠面上,有人拿着缸子装了这幸福水,有人甚至用毛驴驮了两个铁桶和瓦罐,准备把这样一渠幸福水再带回几十里山外的家里。

山西的领导赶来祝贺的时候就说:"杨书记,你说要从山西修条渠,我们就同意了。但今天来了一看,你这哪里是修了一条渠,你分明是开过来一条河嘛!"

漳河水来到林县后,给林县人民的生活带来实实在在的变化。即便在1965年大旱之年,红旗渠浇灌的地方,都获得了丰收。

"果树也变样啦!"这又是一种感慨。姚村公社社长在渠道附近的柿树、核桃、板栗和山楂,都被"满堂子孙"压弯了腰。特别是那些红鲜鲜的柿子,像是千万盏挂满枝头的红灯笼似的。

"岗坡上也吃上大白菜啦!"水源一向缺乏的任村公社石岗村,大旱之年用红旗渠水浇的大白菜,亩产量达到了9000公斤。

可是过去,这里吃点蔬菜需要跑很远的地方才能买回来。

同样在林县,有渠无渠两重天!

林县人看到了希望,不用县委号召,大家都清楚该干些什么了。于是,太行山上的锤钎响得更欢了,炮声传得更远了。

四、配套工程竣工

- 李泉珍看到一块石头滚下来,眼看要砸住人,她冲到滚着的石头前边,猛扑上去,拦住石头。

- 在试制土吊车时,大绳断了,横杆和石料失去控制,一齐坠落下来。

建设红旗渠干渠工程

红旗渠工程包括 1 条总干渠、3 条干渠和 500 多条支渠。从 1965 年 9 月起，红旗渠 3 条干渠工程建设全面铺开。

修渠大军迎着飒飒秋风，再一次斗志昂扬地上了太行山。

经过渠首、青年洞、鸻鹉崖险峻工程洗礼的红旗渠建设者们，如今不仅敢干，而且能干，会干，巧干。3 条干渠建设的进度之快、质量之高，都是十分惊人的。

一直在红旗渠工地担任指挥工作的副县长马有金，风趣地向杨贵汇报："我今年 44 岁了，前几年我算了一下，要到 50 岁的时候，才能看到这 3 条干渠完工。真没想到工程搞得这样快，按照现在的进度，在我不满 45 岁的时候，就可以再举行一次通水典礼啦！"

建设者们继续发扬自力更生、艰苦奋斗、团结协作、无私奉献的精神，啃下了一座又一座"拦路虎"。

夺丰渡槽位于二干渠上，全长 413 米，是红旗渠上最长的渡槽。工程大，需要锻的石料多。没有那么多石匠，没什么，自己干！

指挥部在工地上开展了学锻石的高潮。老石匠带新徒弟，一人干众人学。很快，新石匠在工地上一天比一天多了起来，锻出的大青石有角有棱。

新一代修渠人在磨砺中成长起来。李泉珍中学毕业走出校门就来到了工地。刚刚17岁的她，头一天劳动就挑了30担水，肩膀被压肿了，身体像散了架。

第二天，李泉珍忍着肩酸背痛，咬着牙继续苦干，越挑越起劲。后来一天能挑88担水，比男劳力定额还多出8担。

看到沙子供应不上，李泉珍和几个女伴主动请战。领导说："这不是你们女孩子能干的活。"可她不服气，偷偷带上4个人，推上4辆推车就走了。

回来时，每车载了150公斤沙。上坡时，她们腰弯成了弓，使足了劲，汗水顺身往下淌，嘴和鼻子喘着粗气，心里"咚咚"直跳，但车轮不但不往上，有时还往回溜。

姑娘们气得眼里直冒泪花。李泉珍放下车说："一个推不动，咱大伙一块推，团结就是力量。"当4个车子全被推上坡顶时，姑娘们自豪地笑了起来。

李泉珍和男民工们一起背石头上架。看到一块石头滚下来，眼看要砸住人，她冲到滚着的石头前边，猛扑上去，拦住石头。衣服被石头挂破了一个大口子，胳膊擦破了皮，流出了殷红的鲜血，她掏出心爱的花手绢缠在伤口上，转身又背起了一块石头。

钻洞能手王师存的英名是在开凿3条干渠曙光洞时大放异彩的。其实，早在总干渠上他就已经是一员骁将了。征服石子山时，他从山上不小心滚落，脸上落了个10厘米长的大伤疤。

曙光洞，全长4000米，要穿越比分水岭地势更高的火石山。这个洞是由东岗公社卢寨、岩峪等21个大队的1300名社员凿通的。

豹子山、卢寨岭地质结构复杂，岩层石质软硬不均，会遇上裂隙、水渗、流沙或断层，是整个修建红旗渠中规模最大最难的工程。

王师存作为东岗公社东卢寨村民工连长，接受了开凿卢寨岭的任务。

他笑吟吟地作了一次动员："东岗过去号称火龙岗，现在总干渠修通了，咱总不能看着漳河水种旱地。卢寨岭就是一座钢山铁山，我们也要捣开它的肚皮，让水流到家门口！"

东卢寨民工连的连旗飘扬在高高的卢寨岭上。为了加快进度，他们和其他连的民工沿洞线布设了34个竖井，然后从竖井里向两头凿平洞，打洞工作面增加到了70个。

随着竖井的不断加深，大白天施工时，井下也是一团漆黑。

王师存不声不响回家，把小女儿每天跑四五公里山路割下的30公斤草卖了，打了油，装到自家马灯里，提到了工地。大伙看看连长，纷纷回家取来了马灯、油灯。

井太深，烟排不出来，王师存冒着生命危险下洞用衣服赶烟。

他还创造了用抬筐插上树枝上下拉拽驱赶烟雾的新方法。终于，王师存和伙伴们提前50天完成了任务。

看到兄弟连队凿洞遇阻，王师存把一双被钢钎和顽石练出厚厚茧花的大手搓得直冒火星子。

王师存提起小马灯，一双狭长的眼睛来回扫视着那一张张烟熏火燎的面孔，轻轻地说了一声："咱走。"

这一次，他险些"光荣"掉。

当平洞打到100米长的时候，迎面遭遇上了流沙层，突然发生了严重塌方，王师存和一名民工被堵在洞里。

空气一点点在消耗，马灯也慢慢熄灭了，黑暗中，好像有一只无形的手卡住了他们的脖子，越来越紧，呼吸变得急促起来。同伴嘤嘤地哭出了声，王师存摸索着把他拉到身边，喘着气说："不要慌，外边的同志也在营救我们，渠没修通，阎王爷叫不走咱！"

他们用钢钎叩击洞壁，传递洞中的动静。外边救援的人听见里边有声音，知道他们没死，加速挖掘，终于从塌方顶部挖出了一个小洞。王师存等伙伴爬出来，自己才抽身脱险。

1966年4月，红旗渠一干渠、二干渠、三干渠全部竣工。

三条干渠穿山岭，跨河谷，过渡槽，越平原，像三支红色的利箭，像三个红色的方面军，高歌猛进下太行，风卷红旗过大关。

1966年4月20日，林县人民隆重举行了红旗渠3条干渠竣工通水典礼。主会场设在一干渠红英汇流处。在一干渠桃园渡槽、二干渠夺丰渡槽、三干渠曙光洞口处设立了分会场。

安阳县马家公社科泉西长虹渡槽也设了一个分会场。红旗渠水不仅浇灌了林县的土地，还使毗邻的安阳县受到了水的滋润。

省里的领导到了，地区的领导到了。"娘家人"山西平顺县的客人到了。建设红旗渠模范单位和先进个人披红戴花也到了。

天刚过午，12万人，5个会场，连同巍巍太行一起屏住了呼吸。

忽然，像是一阵开山的炮声，轰隆隆掠过了主会场的上空，震得分会场上正在直播的有线广播匣子乱蹦。后边的人还不知怎么一回事，欢乐的波浪就从密密麻麻的人群中嗡嗡地传过来了："放水啦，放水啦！"

在城关公社的队伍里，白杨凹村的人享受着双倍的喜悦。早些时候，红旗渠水已经从村庄上面流过来了，全村1700亩耕地全部变成了水浇地。

就在这样一个春风沉醉的夜晚，林县人民欢天喜地告别了以往缺水的历史。

修建红旗渠配套工程

红旗渠的建设者们没有陶醉在 3 条干渠工程竣工的喜悦里。他们扛起钢钎和炮锤，他们卷起铺盖和炊具，他们推上吱吱扭扭的小推车，奔向了红旗渠配套工程的新战场。

杨贵兴致颇高地为红旗渠配套工程起了一个形象而有诗意的名字："长藤结瓜"计划。

经过 6 年艰苦卓绝的锤炼，红旗渠建设者们已非昔日普普通通的民工和工匠，他们成了重新安排林县河山的主角，成为劈山开河创造人间奇迹的顶天立地的英雄。

面对大山，他们嘲讽地挑战："旧时你太行山像只虎，龇牙咧嘴怪吓人的，今天俺把你当豆腐，想吃哪一块就切哪一块！"

以前需要由县里统筹修建的大工程，如今一个公社就"包圆"了；过去几个村子联合办的事情，现在一个村子就开工了。

于是，硝烟像山野里星星点点的战地黄花，在太行山的角角落落生动地升腾起来，构成了千军万马战太行的新的壮丽景观。

红旗渠第三干渠、第二支渠穿山越涧，在东岗公社招军垴被一条大沟挡住了去路。必须建设一条飞越 550

米空间的渡槽，跨到北岸的虎头山，才能把渠水引过深谷。

东岗公社民工二话没说，就地摆开了战场。没有图纸，民工们凭着修红旗渠积累下来的经验，集中大家的智慧，画出了第一张蓝图。

没有木料，建设者就把自己家准备盖新房用的木料送到工地。没有石灰，自己动手烧。工具不够用，大伙冒着严寒，踏着冰雪，到 15 公里外的深山割荆条，编抬筐。

家家户户的碎铁碎钢也集中起来，打成铁锤钢钎，源源不断地送往修渠工地。

随着桥墩的节节升高，高空运料越来越困难。

有人建议到外边租两辆吊车来。民工们立即否定了这种意见。大家说：两部吊车一天就得好几百，要是渠修几个月，就是十几万元，咱还是想土法子克服困难吧。

在试制土吊车时，大绳断了，横杆和石料失去控制，一齐坠落下来。

共产党员李景玉见此情景，高喊一声"危险"，冲了上去，紧紧抱着老杆，让别的民工疏散到了安全的地方。

李景玉却被腾空而下的横杆拦腰打翻在地，身负重伤，昏死过去。躺在医院病床上，他不断打听土吊车试验结果，叮嘱来探望的人，不能因为他受了点伤，就停止试验耽误工期。

当人们告诉他，土吊车试验成功，提高了 4 倍工效时，他连连说："成了就好，成了就好，俺这伤受得不冤。"

有人断定靠一个公社，三年也建不起来的曙光渡槽仅仅用了两个多月时间就建成通水了，滔滔漳河水欢腾地爬上了虎山头。

为了打通风门岭隧洞，早日把水引到家门口，魏庄村党支部书记魏三然已将生死置之度外。他不顾自己所患的癌症已到了晚期，仍然率领全村老少吃住在工地，奋战在工地。

人手不够，魏三然跑回家领来了两个儿子和一个女儿。竖井里有水不能施工，他和大伙一块用牛皮做成水包往井上提水。

炮响后硝烟太浓，魏三然号召民工们学红旗渠总干渠的做法，用荆条筐插上新鲜树枝，上下提升，奋力排烟。

魏三然吃不下饭，喝不下水，身体瘦得脱了形，但还坚持着不回家。民工们硬是把他按在担架上，哭着把他抬回了家。

但等大家第二天上工了，他让人搀扶着，又出现在工地，气得大伙直冲他嚷嚷："老支书，你不要命了。"

老魏却乐呵呵地回答："我一人在家躺不住啊，上了工地兴许能止止疼。"

1970年9月13日下午，魏三然不行了，他把3个子女叫到自己跟前，声音微弱地叮嘱他们要和大伙一道继续干下去，打通隧洞，引水入村。

女承父志，怀有三个月身孕的魏秀花遵循父亲的遗嘱，拿起父亲传下来的钢钎，含泪上了工地。她在70米深的竖井里劈石出砟，夜以继日，被人称为铁姑娘。

地处太行山巅的合涧公社有一个合峪沟村，只有16户人家，村小人少，自然条件恶劣。然而，他们不因村小人少而气馁，不因环境不好而止步不前。

大家一致推选回乡知识青年秦福生担任技术员，开始修建山村变电站。他们脚蹬峭石，手扒石缝，像壁虎一样紧紧贴在岩壁上，抡锤打钎，挖平地基。

盖机房，砖瓦不够，他们就上山劈料石，起石板盖了3间机房。买不起水轮机，就找来一台水轮泵代替。

不懂技术，秦福生几次下山拜师取经。最后，一座小型水电站终于在悬崖峭壁上建成了。

通电的那天傍晚，村子里的老人、青年、儿童个个合不住嘴。他们跑上山头，对着邻村，对着群山，放开嗓门喊："快来瞧呀！快来看！俺村的夜明珠要放电啦。"

就在合峪沟人快马加鞭地建设自己的小水电站时，河顺公社城北大队的水库工地，早已是热火朝天了。

这个村地处红旗渠上游，按说水过地皮湿，用不着挖水库，全村两千亩土地全部可以灌溉。但是他们站在高处，看到远处，心里装着全局。

在水库动工的动员会上，年轻的支书高银昌打着手势情绪高涨地说："水过地皮湿，那是老皇历了。我们城北人，现在不能光盯着鼻子底下这一点水，还要看到下游的人们。他们用水比我们难，如果我们修上水库，就能腾出水来浇下游的耕地。"

高银昌说出了村里人的心里话，大家异口同声："站上游，看下游，只要你领头，俺们跟着干。"

说干就干，在水库工地激战的日日夜夜，高银昌挽袖卷裤，一身土，一身汗，手背裂开密密麻麻的血口，衣服肩头处磨开了片片碎花。

就这样，在高银昌的带领下，城北人只用90天时间，就建成了一座小水库，使粮食单产一下子提高了132公斤。尝到甜头，他们再也放不下手中的镐、钎、锤、锨了，短短3年时间，又建成了两座水库。

这个过去"辘轳大，水井深，有女不嫁城北村"的干旱山村，逐渐变成了鱼米乡。

姚村公社水磨山大队有1000多口人，1500亩耕地饱受旱魔之苦。

1968年，大队党支部决定从村南山坡上挖个隧洞，把红旗渠一干渠的水引过来。

19岁的女青年郭秋英挺身而出，接过父辈手中的铁锤钢钎，带领一班女青年成立了"铁姑娘队"，和男民工一道，在隧洞中轮班作业，战胜种种困难，苦战60天，凿通了长达400米的"换新天"隧洞。

天是新的，地是新的，淙淙流水滋润了这些"铁姑娘"们的笑脸。

1969年，红旗渠配套工程全面竣工。

林县真正实现了"渠道网山头，水库遍山野"的梦想。

红旗渠畔，传颂着一道道喜讯：

"粮食多了！"过去全县要吃统销粮1000多万公斤，配套工程完成后，每年能向国家交售商品粮2000多万公斤。

"夜明珠亮了！"利用红旗渠水的自然落差，全县建成40座小型水电站，装机总容量5800千瓦。电力带动着全县51个县社小型厂矿的500多部机器，带动着300多个村的900多部农副产品加工机械，照亮了11万多户林县人家。

"苹果树挂果了！"红旗渠水使植树造林的成活率大大提高，许多干枯的老树也长出了青青嫩枝。全县造林10多万亩，年产鲜果2000多万公斤。

劈山五年，挖渠十载，林县人民前赴后继，付出了巨大的代价和牺牲，红旗渠工程终于全面竣工。

在修建红旗渠的过程中，共有189名英雄儿女献出了宝贵生命，256名民工重伤致残。还有一串人民永远不会忘记的名字：神炮手常根虎、凿洞能手岳松栋、爆破英雄元金堂、铁姑娘队长郝改秀、范巧竹、郭秋英等等。

林县建设大军们削平山头1250个，架设渡槽152座，凿通隧道211条，修建各类设施1.2408万座，挖砌土石1818万立方米，相当于从哈尔滨到广州高3米、宽2米的一道"万里长城"！

红旗渠这条 1500 公里长的大渠像天河、像银龙，逢山钻洞，遇沟搭桥，盘绕在太行山山腰，堪称人类改造大自然的一件杰作。

红旗渠修成之后，不仅解决了林县 60 多万人口，54 万亩耕地和 40 万头大牲畜的用水问题，最重要的是它使林县发生了翻天覆地的变化。仅小麦的亩产量，就由原来的 50 公斤一下子增长到了 450 多公斤。

而粮食的增产只是所有的变化当中一个最小的变化。过去是光岭秃山头，水缺贵如油。而今的林县呢，是"渠到望山头，清水到处流，旱涝都不怕，年年保丰收"。

红旗渠修成以后，形成了以红旗渠为主体，南谷洞、引上水库及其他引、蓄水工程作补充和调节，能引、能灌、能排、综合利用的水利灌溉网，使全县有效灌溉面积达到万亩，全县 14 个乡镇 410 个行政村受益，从而结束了林县人民世代十年九旱、水贵如油的历史。

● 配套工程竣工

红旗渠成为中国骄傲

红旗渠全面竣工后,仅仅 10 年时间就接待了外国友人 1 万多人。这些游客覆盖五大洲 119 个国家和地区,其中不乏总统、总理、首相、议长、主席、联合国官员等显赫的政要,还有一大批国际上驰名的科学家、学者、作家、社会活动家等。

这条地球的蓝飘带之所以能够引起世人的注目,是和一位伟人分不开的。

这位伟人就是周恩来总理。

周恩来一直都在关注着关心着太行山东麓所发生的这场人与自然的大搏斗。

1965 年国庆节期间,周恩来在北京农展馆观看了《林县人民重新安排林县河山》的展览,对修建红旗渠连连称好。

周恩来特意问农展馆负责同志:"林县没有模型吗?"随即指示说:"林县要有模型,要加强宣传。"他还问讲解员:"你到过林县没有?"

当讲解员回答说没有到过,周恩来嘱咐说:"要亲自到林县看看,看了才能讲好。"

1966 年初,在一次全国抗旱会议上,周恩来指示:

搞农田水利建设，要认真推广先进经验。林县红旗渠的经验很好，一个那样严重干旱的县，水的问题解决得很好，这个经验现在还没有被大家所认识，也还没有推广开。

他称赞红旗渠是"人工天河"，是"中国农民的骄傲"。

周恩来在一次关于外事工作谈话中说："第三世界国家的朋友来访，要让他们多看看红旗渠是如何发扬自力更生、艰苦奋斗精神的。"

直到70年代初，病魔缠身的周恩来还在惦念着红旗渠。

1973年12月，周恩来在人民大会堂主持召开一个会议，见到杨贵就问："杨贵同志，你红旗渠引的是浊漳水还是清漳水？"

杨贵不知怎么回事，赶紧如实回答："是浊漳水。"

周恩来舒了一口气，说："那红旗渠水源就有保证了，浊漳水水源充足。"

林县的父老乡亲至今都还能清清楚楚背诵出周总理对外国友人说出的那一句话：

中国有两个奇迹，一个是南京长江大桥，一个是林县红旗渠。

正是在周总理的亲切关怀下，红旗渠和红旗渠精神登上了世界大舞台，成为万众瞩目的人类奇迹。

赞比亚总统卡翁达是林县历史上第一次接待的外国国家元首。

那年，卡翁达来林县参观，登上了红旗渠"青年洞"。陪同来的一位首长，要任羊成给国际友人讲一讲红旗渠。

这位首长扶着渠墙的栏杆，用拇指弯一弯指着身后，对任羊成说："今天这群记者里面，有几个跟中国人过不去，你给我讲，讲真话。"

任羊成滔滔不绝地说开了，这些都是他的亲身经历，用不着准备，用不着打底稿，张嘴就来。

卡翁达总统身材非常高大，任羊成个子矮。但卡翁达弯下腰，真诚地听任羊成讲述。

通过翻译的嘴，任羊成听到地球另一面一个伟人的评价："感谢毛主席和周总理，为我们安排了这样好的参观项目。我建议，所有发展中国家，也就是第三世界，都来这里看一看，学习学习。"

两个外宾现出不信任的神色，嘀嘀咕咕。翻译传过来的话是："这显然是自然洞。你们不过修了洞口。另外，这么高的山崖，鹰也难飞上去，人怎么上去除险？"

首长有些生气了，他把任羊成叫过去："表演一下，你看怎样？"

"没问题！"

高空除险，对任羊成并不陌生。总干渠通水后，他不再干这一行，手也痒痒，给他们露一手，长长中国人的志气！任羊成叫来两个人，抬出一盘大绳、三根钢钎，脱了鞋就往上爬。

外宾大吃一惊："这是什么节目？"

首长回答："我叫大家看一看，中国人怎样攀上这么高的山崖。"

一大群中外宾客纷纷抽凉气，仰脸往上看，洞口上方，崖壁像刀削一样，青灰色的石头犬牙交错。

这样的石壁别说爬，望一望都叫人心惊。两个外宾急忙找翻译，连连说："相信，相信。我们承认中国人民有志气。请别表演。"

首长笑着说："事实俱在，不怕你不认！"他对任羊成招招手："算了，羊成同志，你下来吧！"

晚上陪外宾吃饭，任羊成与那位首长坐一桌。首长把任羊成拉到身边问："你知道我是谁吗？"

"只知道你是首长，弄不清你是省里的还是中央的。"任羊成如是说。

首长笑了，笑过，他小声对任羊成说："我叫李先念。"

继卡翁达总统来过红旗渠，许多国家元首政要相继来红旗渠参观，给予了高度评价。

几内亚总理口可沃吉参观红旗渠后说："红旗渠给我们留下了深刻的印象，它的确是了不起的工程，请转达我们对林县人民的深切敬意。"

联合国工委主席迪曼说:"参观了红旗渠,有必要更改历史的说法,世界上有七大奇迹不对,红旗渠应列为第八。它不仅是技术上的成功和突破,而且是政治上意志上的胜利。"

南斯拉夫通讯社主编奥利奇说:"红旗渠是人类智慧的纪念品。"

西班牙工程学会主席费尔南参观红旗渠时,连声称赞:"红旗渠是珍宝,是历史上最稀有的工程。"

土耳其革命工党主席贝林切克深有感触地说:"林县人民修红旗渠的锤声响遍了全世界,红旗渠将永远是世界上的一面红旗。"

刚果劳动党中央委员德卡穆赞扬红旗渠是中国人民艰苦奋斗、自力更生精神的具体体现,是第三世界人民,特别是刚果人民学习的榜样。

美籍华人学者赵浩生参观红旗渠后在讲演中说:"中国有一条万里长城,红旗渠是一条水的长城。参观红旗渠,我实在忍不住自己的热泪。新中国用这种自力更生、艰苦奋斗的精神来改造林县,一定也能改造全中国。我觉得这许多年积下的'恐共病',被红旗渠水和我的热泪冲洗得干干净净。"

林县人民以百折不挠的毅力和智慧,创造了奇迹。红旗渠是中国的骄傲。

本书主要参考资料

《国史全鉴》本书编委会编 团结出版社

《共和国五十年珍贵档案》中央档案馆编 中国档案出版社

《风云七十年》郭德宏主编 解放军文艺出版社

《共和国开国岁月》张国星 何明著 中共党史出版社

《林县红旗渠》水利电力部宣传处编 水利电力出版社

《杨贵与红旗渠》郝建生 杨增和 李永生著 中央编译出版社

《共和国要事珍闻》郑毅 李冬梅 李梦主编 吉林文史出版社

《中国有条红旗渠》王怀让 张冠华 董林著 河南大学出版社